「やだっ…絶対いやっ…おねがっ…やめてっ…」
「うわー、超かわいい。涙目になってる」（本文より抜粋）

DARIA BUNKO

菅ヶ原家のアブナイ兄弟

森本あき

ILLUSTRATION 明神 翼

ILLUSTRATION
明神 翼

CONTENTS

菅ヶ原家のアブナイ兄弟

あなたとなら、地獄に落ちてもかまわない。

1

「おはよう〜」

菅ヶ原羽宮《すがはらわく》は、あくびをしながらダイニングルームに顔を出した。朝七時。すでに、みんながそろっている。

「おはよう」

母親が笑顔で答えた。

「和食と洋食、どっちがいい?」

「和食かな」

羽宮はちょっと考えてから、そう告げる。

「和食ね。洋子《ようこ》さん、お願い」

「かしこまりました」

若いメイドが無表情で頭を下げた。ここに来て、まだ日が浅いので、緊張しているのだろう。

羽宮が席に着いたあと、五分もたたずに全員の前に朝食が運ばれてきた。

父親はいつもとおなじく、トーストとコーヒーのみ。あまり朝に食べると調子が悪くなるらしい。母親はおかゆと梅干、きんぴらごぼうなどの小鉢がいくつか。朝は消化がいいものを、とテレビで見て以来、ずっとおかゆだ。テレビ世代というのか、とにかく影響を受けやすい。一ヶ月もしたら、またちがうものを食べ出す。毎回、その繰り返しだ。

そして、弟の春宮《はるみや》はというと、どんぶりごはんに大きなお椀《わん》に入ったお味噌汁。鮭の塩焼きに大根おろしをそえたもの、卵焼き、ほかに小鉢に入った小さなおかずが数種類。納豆もある。

羽宮はごはんとお味噌汁の量以外は、春宮とおなじだ。ただし、納豆は苦手なので、抜いてもらっている。

「いただきます」

母親が手をあわせて、頭を軽く下げた。男三人は、小さな声で、いただきます、とつづけて、さっそく、ごはんを食べ始める。

何年も変わらない、朝の光景だ。

萱ヶ原家では、かならず七時にみんなそろって朝食を食べること、という決まりがある。お昼は当然、夜もバラバラになることが多いので、せめて、朝ぐらいはちゃんと顔をあわせる時間をもちたい、という母親の提案だ。

思春期に特有の、いくら寝ても眠い時期には、朝七時に身支度して食卓につくのがめんどくさくてしょうがなかったりもしたけれど。社会人になって、朝食をきちんと食べることの大事さを知ると、とてもありがたい習慣だと思うようになった。

絶対に遅刻はしないし、朝が早めなのでラッシュも避けられる。

「あなた、新聞ばかり読んでないでください」

ダイニングルームには、テレビなど音が出るものは置いていない。必然的に、だれもしゃべらないと、しーん、としてしまう。父親はそういう状況が苦手なのか、それとも、ただ単に新聞を読みたいだけなのか、毎朝、かならず、何紙もの新聞をテーブルに置いて、トーストをかじりながら、じっくり目を通している。

羽宮が小さいころは、何かを読みながら食事をするところを見せるのは子供のしつけのためによくないからやめてください。中学生だと、子供たちと話す時間ですから新聞はやめてくださ い。高校生になると、食事に集中しないと消化によくないからやめてください。そんなふうに母親の小言は変化してきたが、父親は一貫して新聞を読みつづけている。もはや、すごいと感嘆すらする。

母親も母親で、一度注意すると、それ以上は口にしない。最初は本当にやめさせようとしていたんだろうけど、最近は、ただの習慣になっているのかもしれない。もしくは、あの二人なりのコミュニケーションの取り方なのだろうか。

以前、いくら言われても新聞を読むのをやめようとしない父親の姿を、あまりにも不思議に感じて、なんでやめないの？　と聞いてみたことがある。父親は新聞に目を向けたまま、いましか読む時間がないからだよ、とやさしく答えてくれた。

そのときは釈然としなかった。まだ幼かった羽宮にとって、学校に行っているとき以外、時間というものはすべて自分のために使えるもので、わざわざ朝食のときに新聞読まなくてもいいんじゃないかな、と思っていたからだ。

社会人になってようやく、そうじゃなかったんだ、と理解できた。まず、朝の混んだ電車で新聞なんて読めない。あんなかさばるものを広げたら、周りから一斉に非難の目を浴びる。父親はいまは出世して会社の駐車場を割り当てられ、自動車通勤になったけれど、当然のことながら自分で運転しているので、その間も読めない。

会社に着いたら着いたで、新聞なんて読んでる暇なんてない。よくマンガとかで上司が新聞を広げてる場面があるが、あれはいったい、どこの話なんだろう、と首をかしげたくなる。あんなふうに、いかにも暇です、といった様子を見せる上司なんてお目にかかったことがない。

父親はシンクタンクに勤めているので、仕事柄、いくつかの新聞を読んで、その内容を頭に入れておく必要があるのだろう。出勤までにそれをすませるとすると、たしかに、朝食の時間しかない。

「羽宮はどうなの？　仕事は順調？」

母親は、今度は羽宮に目を向ける。この順番で話をふるのも、毎朝の恒例行事だ。

「うん、順調だよ」

羽宮は大手の商社に勤めて二年目。希望どおり、食料部門の営業に配属された。一年、営業補佐として先輩についたあと、ようやく一人で仕事を任されるようになり（とはいっても、そんなに大きな予算を動かすようなものではないけど）、仕事そのものが楽しくなってきた。初年度はほぼ雑用ばかりで、仕事ってこんなにおもしろくないんだな、とがっかりしていたのがウソみたいに思える。

いまは中間決算月で、普段の仕事に加えて決算書を出さなければならないので、終電近くまで残業、二年目にして初の休日出勤、十日間ぐらい休みなし、と目まぐるしくはあるけれど、それもまた、仕事ができる人みたいでいいな、と前向きにとらえられている。

これが毎年になると、いやになるのかもしれないけれど。

「そう。がんばってね。あなたがちゃんとしないと、お母さんが怒られちゃうわ」

母親はいたずらっぽく笑った。冗談だとわかっているが、あまり気分のいいものではない。

羽宮は、自分の実力で大手商社に入れたわけじゃない。母親のコネだ。それも、かなり強力な。

萱ヶ原家は、旧華族の血を引いている。子爵からの分家で、一番地位の低い男爵ではあるけれど、旧華族というだけでかなりの人脈がある。華族制度が廃止されたいまでも、未練がましい（と羽宮は思う）旧華族間のネットワークが健在だからだ。

父親は別に仕事をしなくても暮らしていけるほど莫大《ばくだい》な資産を持っている。大学で社会学を学んで、もっといろいろ実社会に出て学びたい、とシンクタンクに就職することを決めたときは、父親の両親は心底、驚いたらしい。萱ヶ原家で初めて働いたのが父親だという。それ以降は、時勢もあるのか、みんな、なにかしらの職業にはつくようになった。

母親は旧華族ではないけれど、元財閥の娘で、生まれたときから何不自由しない生活をしてきた。蝶《ちょう》よ花よ、と育てられ、そろそろ五十歳に手が届くというのに、いまだにお嬢さんっぽいところがある。

そんな二人が結婚したものだから、両家からのプレゼントという形で建てられた新居はかなり広くて豪華だ。都内の一等地に、二階建ての白亜の屋敷が建っている。広すぎるぐらいの庭には緑が生い茂っていて、夏でも涼しい。

屋敷内は一階にダイニング、リビング、応接間、図書室、遊技場（ビリヤード台が置いてある、が、だれも使ってない。なんのために作ったのか不明だ）があり、二階には、両親の部屋、羽宮、春宮の部屋、ほかにゲストルームとして二室。バス、トイレは一階にも二階にも、それぞれふたつずつあるので、ふさがっていて困ったことはない。

あと、三年前に地下室ができた。春宮が、バンドをやるから防音室を作ってくれ、と頼んで、夏、みんなでバカンスに行って帰ってきたら、防音室が完成していたのだ。ただ、春宮はすぐにバンドに飽《あ》きたので、いまはまったく、その防音室は使われていない。たまに地下への階段を見て、そういえば、こんな部屋あったな、と思うほどだ。

こんな広い屋敷を、母親が一人でどうにかできるわけがない。そもそも、自分で家事をするなんて、考えたこともないだろう。

結果、菅ヶ原家にはコックが二人、使用人が十人ほどいる。両親とも、理不尽に怒ったりしないし、通いでも住み込みでも自分の好きに選べるし、仕事は結構大変なんだろうけれど、その分、給料もいいので、めったなことでは使用人が辞めない。新入りの子は、夫が転勤になったんです、と涙ながらに辞めていったベテランの代わりに入ってきたのだ。

結婚していない使用人は、ほぼ住み込みを希望するので、屋敷の近くに使用人棟が建っている。こっちも二階建てで、上下に六つずつ部屋がある。そこまで広くはないし、家具もベッドとクローゼットしか備えつけてはいないが、待遇としては十分だろう。住み込みなら、部屋代はいらないわけだし。

そんな環境なので、親のことをどうこう言えない。羽宮も十分、温室育ちだ。高校までは、似たような家柄の子たちが集まる学校に通っていたので、周囲も全員、羽宮と似た境遇で、特に話題にもならなかった。

ところが大学生になると変わってくる。羽宮は勉強が好きで、なおかつ、自分で言うのもなんだけど、結構よくできたので、きちんと受験して、なかなかいい国立に受かった。専門は父親とおなじく社会学部。そこで仲良くなった人たちに、家に使用人がいると告げると、かならず驚かれた。

なんで、そんな金持ちがわざわざ国立で真面目に勉強してんの？

そんな心ない言葉を浴びたこともある。お金を持っていようが、何もせずに暮らしていこうと思えばそれができるだけの財力があろうが、そんなの関係なく勉強したければすればいい、というのが大学の存在意義だと思っていたから、かなり衝撃を受けた。

お金持ちのボンボンは、ただ遊んで日々を過ごしている。

そういったパブリックイメージは、どうやってもなくならないものなのかもしれない。

羽宮は自然と家のことを話さなくなった。専門課程が分かれて、少人数のゼミを受けるころには、周囲に、羽宮がお金持ちだということを知っている人はまったくといっていいほどいなくなっていた。

だから、純粋に学問について討論したり、ゼミが終わって朝まで飲んだり、そういった普通の学生生活が送れたのだろう。あの二年ぐらいは、いまもキラキラとした思い出だ。卒業して、進路もバラバラになっても、一ヶ月に一度ぐらいの割合で飲み会をしていた。会社ってつまんなくない？　という新入社員に特有のグチを言い合って、学生とはちがって朝までコースなんて無理だから終電に間に合うように切り上げて、こうやって大人になっていくんだな、なんて寂しがったりもしたものだ。

だけど、最近はまったく会えていない。もともと、みんな、頭がよくて有能だから、雑用ばかりの仕事がつまらない時期を抜けるといろいろ任されるようになって、会社が生活の主体になっていく。この日はどう？　とだれかが提案しても、無理、ごめん、という返事のほうが多くなり、自然にいまのような状態になった。でも、仲が悪くなったわけではないし、そのうちまた余裕が出てきたら集まれるだろう、と思っている。

大学のときの友達が、一番長つづきするんだ。大事にしなさい。

父親が、ぽそっと言ってくれたことは、きっとまちがっていない。現に父親は、いまもゼミ仲間と一年に一度、幹事が持ち回りの同窓会をしている。その日はとても楽しそうで、今回はあいつが欠席なんだよなあ、残念だ、なんてつぶやいている顔はまるで学生時代に戻ったように若々しくきらきらしている。

自分たちも、年をとって、結婚して、子供ができても、一年に一度は集まれるような仲間でいたい。

ただし、それほど仲のいい相手にも打ち明けていないことがある。

羽宮が面接も何も受けないで、大手商社にコネで入ったことだ。羽宮はゼミの中でも成績は優秀で真面目だったから、内定が決まった、と告げても、だれも疑わず、おお、よかったな、と普通に祝福された。なので、なおさら心苦しくはあったけれど、真実を告げるわけにはいかない。

これまで、ゼミ仲間として接していてくれたのに、就職先のことだけで、なんだ、ただの金持ちのボンボンか、いいよな、就職活動しないですむなんて、と周囲の羽宮を見る目が変わるかもしれないからだ。

羽宮としては、きちんと就職活動をしたかった。自分の実力だとどこから内定がもらえるのか、それをたしかめたかった。

なのに、実際は、母親の兄と懇意にしている、いまの会社のおえらいさんが、羽宮に会うこともなく合格にしてくれたのだ。

母親は、就職するのはかまわないけど、菅ヶ原家の人間が内定のために走り回るのはみっともない、という考えの人なので、さっさと手を打ったらしい。羽宮としては、商社よりも父親とおなじくシンクタンクに勤めたかったし、商社だとしても、こんな大手じゃなくてよかった。だけど、普段はあまり口出ししてこない母親が、これ、と決めたことに逆らうとめんどうなことになるのは十分にわかっているので、おとなしく従うしかない。

ゼミの仲間たちが、就職活動、ホント大変だったよな～、とか、こんな質問されたんだけどさ、とか、あからさまに興味ないって顔されるとこたえるよな、とか、苦労を話しているときに、自分だけ入れないのはとても残念だ。なので、そういったときは、ただにこにこしていた。

これから先も、ずっと笑顔で話を聞くしかない。

商社はいざ入社してみると、羽宮が勝手に想像していたよりも自由度が高く、グローバルに展開しているだけあっていろんな部署があり、あ、これやりたい、と思えるような仕事もたくさんあって、学生時代に学んだことを活かせたりもするので、その点については母親に感謝している。

ただし、母親が自分の判断で就職先を決めたくせに、たまに、こうやって、ちくり、と牽制《けんせい》してくるのがいやなのだ。

わたしは兄に頭を下げたのよ。その兄だって、知り合いに頭を下げたのよ。だから、あなたがちゃんとしてくれないと困るの。

言外にそう含みを持たせるぐらいなら、就職活動をさせてくれればよかった。羽宮が自分で選んだところなら、こんなに窮屈な思いをせずにすんだのに。

まあ、母親に抗議したところで、楽させてあげたんだから感謝しなさいよ、と言い返されるだけだろうから、ぐっと飲み込む。

朝から言い争って、ムダな体力と精神力を使ったあげく、いやな気持ちで会社に出かけたくない。羽宮が、大丈夫、と笑って返せばすむことだ。

話は終わり、とばかりに、羽宮はお味噌汁をすすった。

「で、春宮。お誕生日おめでとう！」

「は⁉」

羽宮は思わず、飲んでいたお味噌汁を吹き出す。

誕生日⁉　うそだよね⁉

今日、何日だっけ⁉

「ありがとう」

春宮が穏やかな笑顔を浮かべた。

「羽宮は忘れてたみたいだけど」

な、そうだろ、と春宮がいたずらっぽく羽宮を見る。羽宮はそれには答えずに、家族みんなを見回した。

「え、ホントに？　ぼくが一番遅くきたから、みんなでだまそうとしてるんじゃなくて？　今日、九月二十二日だった⁉」

羽宮は慌《あわ》てて、時計を見てみる。だけど、今日のは日づけがついてないやつだ。

なんで、こんなときに！

「そうよ。どうしたのよ、いったい。お味噌汁までこぼしちゃって」

母親が不思議そうな表情を浮かべた。

こぼしたわけじゃない。吹き出したんだよ。

そんな反論をしてもしょうがない。母親の言葉に、控《ひか》えていた使用人が、こぼれた味噌汁を拭《ふ》いてくれる。

「あ、ごめんね、ありがとう」

羽宮は使用人に謝ると、母親を見た。

「だって、こないだ、おじいさまとおばあさまのところに行って、敬老の日のパーティーやったばかりじゃない？　あれから、そんなに時間がたったたっけ？」

あのときは羽宮は初めての休日出勤で行けなくて、三連休の意味なんてないよねえ、とガラ空きの電車に乗りながら思っていた。その電車の中で、そうか、敬老の日が過ぎると、すぐに春宮の誕生日になるな、とちらりと思ったのは覚えている。でも、そのあとずっと忙しくて、すっぽり頭から抜けてしまっていた。

毎年、誕生日が近づくと、春宮は、そろそろプレゼントの用意しとけよ、と、弟とは思えないほど横柄な態度で命令してくるので、そうやって催促《さいそく》されないうちは大丈夫だと安心してもいた。

だからといって、春宮の誕生日を忘れるなんて！

それも、もっとも大事な二十歳になる誕生日。春宮が成人する日。

なんで、こういうときにかぎって、ずっと黙ってんだよっ！

春宮を、ちらり、と見たら、知らん顔をしている。それですべてがわかってしまった。

こいつ、わざとだっ！　ぼくが仕事で忙しいことを知ってて、きっと誕生日に気づかないだろう、と黙ってたんだ！

今日とか、無理に決まってる。準備するにしても、いろいろ間にあわなすぎる。

「お父さんみたいなこと言うわね」

母親はあきれたように告げた。

「お父さんも、仕事が忙しいときは、そうやって家族の誕生日を忘れてたものよ。いつか、わたしの誕生日に、朝からおめでとうの言葉もないから、意地悪して黙ってたら、そのまま夜も忘れてて、わたしは静かに怒って、そこから一週間ぐらい口をきかなかったの。そしたら、お父さんは言ったわ。最近、静かだけど口内炎でもできたのか、って。わたしは怒るよりもあきれてしまって、口内炎じゃなくて、あなたがわたしの誕生日を忘れてたからよ、と説明したら、なんだ、口内炎じゃなくてよかった、なんて笑うものだから、もう、許すしかないじゃない。その日に年の数だけのダイヤモンドがついた指輪を買ってくれたしね」

何度も聞いたその話を、母親はいつもとても楽しそうに口にする。結局、グチじゃなくてノロケなのだ。

年の数だけのバラじゃなくて、年の数だけのダイヤモンドなのが、いかにもお金持ちって感じなんだろうな、と社会に出るとわかってくる。

普通の人は、その日すぐに年の数だけのダイヤモンドがついた指輪を買えるほどのお金の余裕なんてない。

「忘れてたら、そう言ってくれればいいだろうに。ぼくだって、きみの誕生日を当日に祝いたかったよ」

父親がそうやって口を挟むのも、いつものこと。それを聞いて、母親は花が咲いたように華やかに笑う。

なんだかんだ言いつつも、両親はとても仲がいい。

「まさか、羽宮がかわいい弟の誕生日を忘れるなんてね。今日の夜は、家族水入らずでパーティーよ。それはわかってるでしょ」

「あ、そうか！」

羽宮は、ポン、と手をたたいた。

なんてラッキー。どうせ、今日も終電まで残業だ。弟の誕生日なんで定時に帰らせていただきます、なんて申し出たら、部署の全員ににらまれる。羽宮だって、そんなバカみたいな理由で仕事を放り出すやつなんてレッテルを張られたくない。

決算が終わって、落ち着いたら、個人的に春宮の誕生日を祝えばいい。十月に入ってしまうけど、それはしょうがない。

社会人は大変なんだよ。

まだ学生の春宮にとって、その言葉は切り札になるはずだ。

卑怯《ひきょう》と呼ばれてもいい。

だって、時間が足りなすぎるんだもの！

「ぼく、いま、決算前で忙しいから、帰れないんだよね。悪いけど、三人でやってくれる？夜中までやってるようなら、ちょっと顔を出すけど」

父親だって明日があるんだから、まさか、夜遅くまでパーティーをするわけがない。両親と三人だったら、春宮だって早く切り上げるだろう。

そう考えての提案だ。もちろん、パーティーに出るわけにはいかない。出てしまったら、春宮が二十歳になったことを認めてしまうことになる。

それは困る。

絶対に困る。

「あ、大丈夫よ」

母親は、にっこり笑った。

「お父さんの件があるからね。羽宮が忙しくて、家族の誕生日を忘れてても、パーティーに参加できないなんてことがないように、知り合いに頼んでおいたの。だから、あなた、今日は定時で帰れるわよ」

「…は？」

羽宮は目を丸くする。

「定時に帰るの？　ぼくが？」

こんな決算前のバタバタしてるときに？

「そりゃ、そうでしょう。うちの末っ子が、ようやく二十歳になるのよ。全員が成人して、みんなが大人として、これからまたちがった家族のかたちを作りましょうね、っていうパーティーに、だれかが欠席するなんてありえないわ」

母親の言ってることは、よくわかる。羽宮の二十歳の誕生日のときも、これでようやく一人、手が離れたわ、と、ほっとしたようにつぶやいていた。

…まあ、全然、子離れしてくれてないけど。就職先も勝手に決めて、春宮の誕生日パーティーに裏から手を回して、定時帰宅させたりするけど。

母親としては、二十歳になって成人するまではわたしの責任、でもそのあと何をしても自分の責任、という思いで羽宮たちを育ててきたのだろう。春宮が今日、二十歳になって、彼女の中では、一応、子育ては一段落する。

だから、それを、全員で祝いたい。

その気持ちは痛いほどわかる。

わかるけどもっ！

「さすがに、ぼく一人だけ帰ったら、明日から居心地が悪いよ」

普段なら母親の強引さにこっそりとため息をついてあきらめるところを、まだまだ抵抗してみる。

だって、羽宮にはどうしても今日を避けたい理由がある。

「あのね、お母さんだって、その辺を考えないほどバカじゃないの。お父さんが倒れたことにして電話かけてもらうから、それを受けて、さっさと帰ってきなさい。それでも、明日から周りがいやな態度を取るなら、『いままでは仕事をちゃんとやってきたんだし、こんな緊急事態なんだから今日ぐらいはさっさと帰ってもしょうがないか』ってみんなが思ってくれるような信頼を得てないあなたが悪いのよ」

うわあ、ぐさり、と痛いところを。母親には、こういうところがある。グウの音も出ないような正論を言い放つのだ。

たしかに、親が倒れたという電話で先に帰って、なおかつ、つぎの日にだれも心配してくれないのなら、これまでの羽宮の仕事における態度からして、逃げたんじゃない？　と疑われたのだろう。

でも、この十日、休日出勤もして、忙しさでみんなハイになっているのか団結力が高まってきて、部署の雰囲気はすごくいい。一日ぐらい羽宮が早く帰っても、理由が理由だから、特に文句は言われないと思う。

父親が倒れたというのはウソなわけだし、それで羽宮が申し訳ないと思うのは、それとはまた別の話。

いや、倒れてないんで！　仕事をやりますんで！　と強硬に主張したところで、きっと帰らされるに決まってる。

ああ、どうしよう。どんどん周囲から追い込まれていく。

「そうか、春宮も二十歳になったか」

羽宮が内心慌てふためいているところに、父親がのんびりとそう言いながら、新聞を畳んだ。コーヒーの最後の一口を飲み終えて、ごちそうさま、と立ち上がる。春宮のところまで行って、その肩を、ぽん、とたたいた。

「これでようやく、春宮と飲める。ぼくは、この日をすごく楽しみにしていたんだ。家族四人がいやなら、だれか呼んでおいで。春宮だって、にぎやかなほうがいいだろう？」

「友達とは、週末に居酒屋でぱーっとやるから大丈夫。それに、うちに呼ぶとめんどうなことになるし」

春宮も羽宮とおなじく、大学生になって普通の人たちとつきあい始め、ようやく、自分の家がかなりの金持ちだと気づいたのだろう。入学したてのころはたまに友達が来てたけど、最近はまったく姿を見ない。

羽宮は大学生になってからはだれも家に呼ばなかったので、この家を見て、春宮の大学の友達がどんな反応をしたのか想像すらつかない。それ以降、友達を呼ばなくなったってことは、あまり好意的な感じじゃなかったんだろうな、とは思う。

うらやましがられたり、妬《ねた》まれたり、たまり場にされそうになったり、金持ちなことだけを目当てに仲良くなろうとされたり。

その当時とは、がらっと友達の顔ぶれも変わっているかもしれない。羽宮も、思い返せば、そうだった。

生活レベルが一緒の人たちといたほうがいい。気を遣わなくてすむから。

いつか、親戚のだれかがそんなアドバイスをしてくれた。そのときは、生活レベルとかって、ホント、上から目線だよね、とあきれたものだけれど。

たしかに、高校までの友達といるときは楽だった。あー、疲れたな、と感じたら、すぐにタクシーに乗った。食事をするのも、だれかの行きつけのお店だったり、高級ホテルに入っているレストランが当たり前、支払いは家族カードで持ち回りでおごっていた。当然、安いファストフードなんかにはだれも行かない。海外に行くときも家族旅行だと飛行機はファーストクラス、ホテルは五つ星。観光はそこそこにして、あとはゆっくり過ごす長期滞在型のバカンスだ。友達と行くときはビジネスクラスで、ホテルのランクも少し落ちるけど、滞在費などについてはカードを渡されて、好きなように使わせてもらえた。

周りがみんな、そんな感じだったし、高校生でそんなお金の使い方をするのは贅沢《ぜいたく》だ、なんて考えたこともない。

大学生になって、周囲にあわせるようになると、目的地が駅からどれだけ遠くても徒歩、たまにバス、一駅でもタクシーじゃなくて電車移動、ごはんを食べるのはなるべく安いところ、二十歳を過ぎると、チェーン店の居酒屋に入り浸るようになった。

それはそれで知らない世界をのぞき見ているようで楽しいし、安いからといっておいしくないわけじゃないんだ、ってことがわかって、お気に入りのお店も増えた。よくつるんでいたのがゼミの仲間なので、興味のあることがおなじで、話していても楽しい。

生活レベルと知的レベル。

どちらかを選べ、と言われたら、羽宮は迷うことなく大学のゼミ仲間にする。

ただ、ほんのたまに、終電逃したから、カラオケ屋で朝まで粘ろうぜ、とみんなが盛り上がっているときに、疲れたからタクシーで帰りたいな、そういうのが普通だった高校までは楽だったたな、と感じるぐらいだ。

そういった大学での経験があるから、社会人になって、周囲から浮くことなく普通に過ごせているので、そのこともありがたいと思う。

…って、なんの話だっけ?

わかってる、自分が逃避していることぐらい。

春宮の誕生日について、頭を悩ませたくない。定時に帰って、パーティーをして、正式に春宮が二十歳になったことを認めたくない。

「ごちそうさまでした」

すっかり食欲もなくなって、羽宮は朝食を半分ほど残すと、席を立った。定時に帰るのなら、なるべく早く行って、できるだけ仕事を進めておこう。

仕事に集中していれば、よけいなことを考えなくてすむ。

羽宮は最後の身支度を終えて、玄関に向かった。いってきます、と小さな声でつぶやく。

だれも気づかなければいい。

「わかってんだろうな」

なのに、そんなな羽宮のささやかな望みは叶《かな》わずに、後ろから声がした。羽宮は、びくっ、と体をすくめる。それを気づかれたくなくてゆっくり振り返ると、自分とは似ても似つかない春宮の顔があった。

兄弟なのに似てないね。

それは、昔から言われていたこと。

かといって、血がつながってないわけではない。羽宮は母親似で、春宮は父親似なだけだ。

羽宮は全体的に線が細い。体に厚みもないし、おまえは筋肉がつきにくいな、と昔、体育の教師に言われたこともある。幼いころは女の子とまちがわれるぐらいに中性的な顔立ちをしていた。成長して、子供らしい丸みが取れると、なぜか、ますます中性的になって、羽宮って美人だよな、と男友達に真剣に言われたりもする。

細面に完璧なアーモンドアイ、眉毛は細くて、まつげが長い。鼻筋はしゅっとしていて、唇も薄めだ。もともと色白で、いくら日光に当たっても焼けない。美容院で世間話をするのがめんどくさくてあまり行きたくないから、髪も染めてなくて真っ黒だ。ストレートのさらさらヘアはいつも長めになっているので、鏡で自分を見ても、まあ、これなら、女性にまちがわれてもしょうがないか、と思う。

一方、春宮は、とても男らしい。背も高いし、ガタイもいいし、筋肉も適度についている。足も手も長くて、日本人離れしたスタイルのよさだ。顔立ちは凛々《りり》しく、一重で切れ長の目にぐっとあがった眉毛、鷲鼻《わしばな》で、その鼻梁《びりょう》の高さが顔に釣り合っている。唇は厚くもなく薄くもなく、健康的な色合いだ。肌は焼いてないのに小麦色で、夏になると結構黒くなる。子供のころは、そうやって焼けていくのがとてもうらやましかった。いや、いまもうらやましいことには変わりがない。

だって、色白な男って軟弱にしか見えないんだもの！

「ごめんね、誕生日忘れてて。今日はプレゼント買って帰る暇がなさそうだけど、決算終わって、時間の余裕ができたら、ちゃんと考えて、何かいいもの贈るから」

二十歳だもんね。

その言葉は飲み込んだ。わざわざ、自分から地雷を踏むわけにはいかない。

「いらねえよ、プレゼントなんて」

春宮は羽宮のあごを手でつかむ。そのまま、くいっ、とあげられて、羽宮はヘビににらまれたカエルのように、動けなくなった。

逃げなきゃ。

そう思っているのに、指一本動かせない。

「二十歳になったら考える、って言ったよな。だから、考えろ」

春宮の親指が、つつー、とあごから上に滑って、下唇の境目を撫でられる。

びくり、と羽宮の体が震えた。

「あの…さ…、いま仕事が忙しくて…それどころじゃ…」

言い訳だとわかっているから、しどろもどろになる。

「は？」

春宮が羽宮の肩をつかむと、そのまま、ドン、と壁に押しつけた。顔がすごく間近にある。

羽宮は、思わず、目をそらしてしまった。

それが気に入らなかったのか、春宮がますます顔を近づけてくる。

「ぼく…会社に…行かなきゃ…」

「俺は今日、二十歳の誕生日だ」

春宮の唇は、羽宮の耳元にあった。その言葉とともに、息を、ふっ、と吹きかけられる。羽宮の体が、びくん、と震えた。

「約束なんだから、仕事が、とか、とぼけた理由で逃げようとすんじゃねえよ」

春宮がしゃべるたびに、吐息が耳にかかる。ぞわぞわぞわ、と羽宮の全身におかしな感覚が広がった。

早く、ここから逃げないと。

「いいな」

春宮はにやっと笑って、手を離す。どうやら、これ以上は責められずにすむらしい。羽宮はほっとするのと同時に、恐怖も覚える。

春宮は先延ばしにするつもりはないようだ。

つまり、今日、決着をつけなければならない。

でも、そんなの…。

羽宮は大きくため息をつきたいのを、どうにかこらえた。春宮の前で、困っている様子なんて見せたくない。

兄として、毅然《きぜん》としていたい。

だけど、感情は乱れっぱなしだ。

ねえ、どうすればいい？

だれに聞けば、正解を教えてもらえる？

お願い、助けて。


俺、羽宮のことが好きだ。

春宮が、兄弟としてではなく、という心情を込めて最初にそう言ったのは、いったい、いつだっただろう。

ありがとう、ぼくもだよ。だって、かわいい弟だもの。

普段から、笑顔でそう答えていた。だから、そのときも、そういった類《たぐい》のことを口にしようとした。

なのに、春宮の強い視線におののいてしばらく黙ってしまった。その瞬間のことは、いまでもはっきりと覚えている。

少し間を置いてから、どうしたの？　と聞いてみた。なんでそんな表情をしているのか、純粋に疑問だったからだ。

「だから、羽宮が好きなんだってば」

わかりの悪い羽宮に言い聞かせるように、それと同時に、少しいらだっているかのように、春宮は羽宮を見た。

たぶん、まだ中学生にもなっていなかった。だって、ランドセルを背負っていたような記憶がある。でも、もしかしたら、いろんな時代の春宮が頭の中でごちゃごちゃに混ざって、ランドセル姿で告白する姿を作り出しているのかもしれない。

そんなふうに混乱するほど、何度も春宮に好きだと言われてきた。

お兄ちゃん、と呼んでくれていたころは、お兄ちゃん、好き、だーい好き、と、子供特有のかわいらしい笑顔で。それには、ぼくも春宮がだーい好きだよ、とにっこり笑顔を返しながら答えていた。

そのニュアンスが変わってきたのがいつなのか、羽宮にはよくわからない。

お兄ちゃん、から、羽宮、と呼び捨てになって。声変わりもして。高くてキンキンしていた声はいつの間にか低くなり、甘く響くいい声になった。

そのどっちの声でも、好きだ、という言葉を思い出せる。でも、あれ、もしかして、これは普通の好きじゃないのかな、と少し怪しく感じるようになった時期がいつなのかは、やっぱり判断できない。

それほどたくさん、春宮は羽宮に、好きだ、と言いつづけてきたのだ。

最初は、そのちょっとした変化も、兄弟としての親愛の情が増したのだろう、とあまり深刻に受け止めなかった。

いや、受け止めたくなかったのだ。

好きだ、と言われても、うん、ぼくも好き、とくったくのない笑顔で答える。

そうやって、春宮の気持ちを無視しようとした。

そんな羽宮の態度に業《ごう》を煮やしたのか、その日、春宮は真剣なまなざしで羽宮を見ていた。けっして軽い気持ちで発せられたわけじゃないと、その視線が訴えていることに気づいても、羽宮は、どうにか、この場を冗談にできないのか、そればかり考えていた。

「そっか」

羽宮が口に出せたのは、そんな短いひとことだけ。

唇が乾いている。喉も張りついたみたいになっている。

春宮の本気が、羽宮を追いつめてくる。

だけど、振りきらなければならない。いままでだって、知らんふりをしてきたのだ。今日だって、きっと大丈夫。

「そっか、ってなんだよ！」

春宮のそのときの格好とか、年齢とか、あと、どこだったのか、とか、そういうものはまったくよみがえってこないのに、春宮の怒ったような表情や発せられたセリフは、ありありと思い出せる。

それほど、羽宮はショックを受けたのかもしれない。部分的な記憶だけが脳に刻まれるぐらいに、混乱し困惑していたのだろうか。

「…えっと、じゃあ、ありがとう」

まちがった答えなのはわかっていた。だけど、そう言うしかなかった。

羽宮にとって、春宮は大事な弟で、それ以上でも以下でもなかったからだ。

「嬉《うれ》しくなさそうに礼言ってんじゃねえよっ！」

春宮は羽宮をにらんだ。その視線は上からだったから、そのときすでに春宮は羽宮の身長を追い越していたのだ。

でも、それはなんのヒントにもならない。羽宮が中学生のころには、四つ年下でまだ小学生だった春宮に背の高さを抜かれていたからだ。

だから、春宮が小学生だったのかもしれないし、そうじゃなかったかもしれない、と、記憶はますますあいまいになる。

「俺は、ずーっと羽宮が好きだって言ってきたよな？」

春宮は怒っている。それだけは、ひしひしと感じる。

でも、羽宮にはどうにもできない。こうやって、逃げるしかない。

だって、血のつながった兄弟だ。好きだと言われても、その気持ちに応えることは絶対にない。

春宮は、きっと、家族愛や兄弟愛を、別の愛情だとかんちがいしているのだ。だったら、ここで羽宮が本気で拒絶して傷つけるよりも、冗談にまぎらわせてしまったほうがいい。

そういえば、昔、俺、羽宮のことが好きって思い込んでたんだよな。

いつか、春宮自身がそうやって笑い飛ばせるときがやってくる。

女の子の初恋が父親だったりするように。その子が成長して、いろんなことを理解したあとで、わたし、小さいころ大きくなったらパパと結婚するって言ってたのよね、と遠い目をして昔を思い出すように。

春宮だって、すぐそばにいた羽宮をそういう対象として思わず見てしまって、好きだと思い込んでいるだけだ。

そんなまちがった思考から解き放ってやりたい。きっぱり断るのが一番だというのはわかっていても、それだと、春宮がものすごく傷ついて、あとから笑い話にできなくなるかもしれない。最悪、春宮がこの日かぎり、ずっと羽宮を避けるようになる可能性もある。

そんなのいやだ。

春宮とは、兄弟として仲良くやっていきたい。それに、かわいい弟だと思っている春宮を冷たく突き放すことは、羽宮には無理だ。

だったら、できることはただひとつ。

どうにか、この場をやりすごすしかない。うまくかわして、春宮にそれとなくあきらめさせるのが一番だ。

それが、春宮のためになる。

そんなふうに大義名分をつけていたけど、よくよくあのときのことを考えてみると、羽宮は怖かったのだ。

春宮がどうこうとかじゃなくて。

…その気持ちに引きずられてしまうかもしれない自分に。

羽宮は昔から、かなりブラコンなところがある。弟が欲しい！　と言いつづけたら春宮が生まれて、赤ちゃんのころからずっとかわいがってきた。羽宮たちは幼稚園には行ってないので、羽宮が小学校に入るまではずっと春宮と二人きりで朝から晩まで遊んでいた。四つ離れているからその期間は二年ちょっとと短いものだったし、春宮は当然、言葉も話せないから意思の疎《そ》通《つう》もうまくいかない。おむつを替えたり、なんてことは羽宮にできるわけがないので、世話は乳母《うば》がしていて、羽宮はただ春宮のそばにいて、勝手にしゃべりかけたり、抱っこしたりするだけ。

それで十分だった。春宮が笑ってくれると幸せな気持ちになったし、泣いていたら、自分も泣きたくなった。

春宮が初めてしゃべった言葉は、マンマ、で、ワク、じゃなかったことが悔しくて、本気で大泣きしたりした。最初に話すのに、ワク、は高度すぎるよねえ、と何年かたって、ようやく気づいたけれど。

羽宮がお母さんみたいね、と母親には、よく笑われていた。ううん、ちがうよ、だって、ぼく、春宮のお兄さんだもん、と、いばって言い返した。

そのぐらい、春宮のことがかわいくてしょうがなかった。

大事な弟だし、その当時は、唯一の友達でもあった。

春宮はちっちゃいころ、羽宮とそっくり、と周りからよく言われていたぐらい、かわいい顔立ちをしていた。なので、春宮は本当にかわいいね、ぼくが知ってる中で一番かわいいよ、と言いつづけていたような記憶もある。

春宮が成長するにつれ顔つきが父親に似てきて、どんどんかっこよくなっていった。

いくら兄バカとはいえ、春宮はかわいいね、とは言えなくなり、かといって、ほめるのをやめるわけもなく、春宮ってすっごくかっこいいよね、自慢の弟だよ、と毎日のように伝えていた。

思い返すと、本当にひどいブラコンだ。

春宮が小学校に入って、友達ができると、なんとなくおもしろくないな、と思い、あの子といるのはあんまりよくないんじゃない？　なんて忠告めいた意地悪を言って、友情を引き裂いたこともある。

羽宮は羽宮で友達と遊んでいたのに。本当に勝手だったと、いまはすごく反省している。そのせいで、もしかしたら生涯の親友になれたかもしれない友達を失わせた可能性もある。

言い訳を許してもらえるならば、羽宮にとって、春宮は目の中に入れても痛くないぐらいかわいい弟だったのだ。

春宮は自分のものだ、となぜかかんちがいしていた。

だけど、それは恋愛感情ではまったくなくて。ブラコンとか、兄バカとかいった言葉がふさわしい。

ある日を境に、まるでつきものが落ちたように、春宮には春宮の人生があるんだ、と思えるようになった。きっかけは、特にない。そのときにようやく、弟離れができたのかもしれない。

それ以来、春宮に対する思いも変わった。

自分より背が高くなって、かっこよさも増して、女の子にもてるようになり、だけど、男友達もたくさんいて、成績もよく、運動神経も抜群で、周りからすごく頼られて、だれからも好かれている様子を見ながら、あれがぼくの弟だよ、すごいでしょ、と内心、鼻高々だった。

春宮が楽しくしててくれればいい。春宮に友達がたくさんいて、寂しい思いをしなければいい。

弟かわいさゆえの、ひとり占めしたい、という子供じみた感情から、春宮を好きでいてくれる人たちに囲まれていてほしい、という無私の愛情へと変わっていった。

春宮のことを自慢に思っていたから、そんな春宮が、羽宮が好き、と言ってくれることは単純にすごく嬉しかった。

大好きな弟が、自分を好きでいてくれる。

それが誇らしかった。

でも、それは弟としてであって、春宮とおなじ気持ちじゃない。なのに、ブラコンで弟大好きな羽宮は、春宮が本気で迫ってきたら、弟かわいさゆえ、春宮の感情に負けてしまうかもしれない。

それが怖い。

好きでもないのに、春宮に押し切られてしまうこと。

それは、絶対に避けなければ。

自分のためだけじゃなくて。

いつかきっと、まちがいに気づく春宮のために。

いま、春宮が羽宮のことを好きなのは、本当かもしれない。だけど、その気持ちがずっとつづくとは思わない。

そのうち、もっとたくさんの人たちと出会って、ちゃんとだれかを好きになって、ああ、あのとき、羽宮を好きだと思っていたのはちがってたんだ、本当の恋ってこういうことなんだ、と理解する日がやってくる。

そのときに、羽宮が受け入れたことが原因で春宮を苦しませたくない。

春宮の、好き、に、別の感情が混じり始めたころ、もしかしたら、自分が悪かったのかもしれない、と悩んだ。

春宮がかわいすぎて、春宮の一番でいたくて、友達といることすら許せない。

そんな子供じみた独占欲を春宮に対して発揮していた時期は、たしかにあったから。

そのことを春宮が無意識のうちに覚えていて、自分の世界には羽宮しかいない、と思い込み、それがいろんなふうに変化していった結果、羽宮を好きだ、なんてかんちがいをしてしまったのだとしたら。

春宮に対して、心から申し訳ないと思う。

あのころの自分を春宮の記憶から消せるなら、そうしたい。でも、それは無理だから。

春宮のいまの気持ちに対して真摯《しんし》に向き合うのではなく、逃げて逃げて逃げまくってつかまらないでいるのが、羽宮のやるべきことだと信じている。

春宮が本気だったとしても、それは一時的なもので。いつか魔法がとけるみたいに羽宮のことなんてどうでもよくなる。

羽宮が、春宮の手を離せたように。

春宮だって、自然に羽宮を卒業できるはず。

だから、それまで、うまく対処していくしかない。強く拒絶して春宮を傷つけるんじゃなくて、そのうち、二人で笑い話にできるようにしたい。

あのときは困ったよ、と羽宮が言ったら、困らせてごめんな、と春宮が軽く返せるように。

羽宮にできるのは、春宮をかわすことだけだ。

これまでは、それがちゃんとできていた。ぼくも好きだよ、と笑顔で返したら、不満げながらも引き下がってくれていた。

これまでとは様子がちがっていても、ここで崩れるわけにはいかない。

春宮のために、自分が踏ん張るしかないのだ。

「ぼくも、春宮のことが好きだよ」

だから、羽宮はいつものように笑顔でそう言う。

言いつづける。

弟として好きだよ。それだけなんだよ。

春宮がきちんとそれを理解してくれるまで。

「へえ、俺のこと好きなんだ？」

春宮は、これまで羽宮に見せたことのない冷たい表情をしていた。能面みたい、と言えばいいのだろうか。顔にまったく感情が表れていない。

何を考えているのか。これから、何をしようとしているのか。

まったくわからない。

それが怖い。そして、かわいい弟である春宮のことを、怖い、なんて思ってしまったことが、すごく悲しい。

「うん、だって、弟だもん」

弟を強調する。

ぼくらは血がつながってるんだよ？　兄弟なんだよ？

それを思い出して。

心の中で、必死にそう呼びかける。

「俺は、兄貴として好きなわけじゃねえよ」

あ、だめだ。

羽宮は、本能的に察する。

これ以上、話を聞いたらだめだ。冗談でかわすのも無理だ。ここで二人きりで話していたら、取り込まれる。

だったら、逃げなきゃ。せめて、春宮の頭が冷えるまでは。

羽宮は無言で春宮の前から去ろうとした。その腕を、ぐっとつかまれる。

「逃げんなよ」

春宮の声は低かった。だけど、なぜか冷たくは感じなかった。

春宮にも迷いがあるのかもしれない。

羽宮は、そこにすがることにしてみる。

春宮はすでに力でも羽宮に勝《まさ》っていて、腕を振りほどけそうになかった。ここから逃げられないなら、頭をフル回転させて、言葉で負かすしかない。

「あのさ」

羽宮は、まっすぐに春宮を見た。春宮が少したじろぐ。

うん、いける。大丈夫。だって、まだ、春宮だって揺れている。

「ぼくたち、まだ子供なんだよ。世界だって狭いし、その世界の中で好きな人とか見つけてつきあったりするけど、でも、そのまま結婚する人なんて、まったくといっていいほどいないと思うんだよね」

ごくまれに、存在するだろうけど。

そんなことは口にしない。

「それって、大人になっていくに従って、知り合う人の数も格段に増えるからなんじゃないかな。いまは、この人が一番好き、って盲目的に思ってたとしても、そのうち、あれ？　ってなるよ。あれ？　自分が考えてたほどたいした人間じゃなくない？　って。新しく出会う魅力的な人に心が傾いて、好きだってすごく主張して手に入れた相手がうっとうしくなるんだよ。でも、縁を切るには近すぎるからどうしようもない、本当に好きな人と幸せに生きていくことができない、ってすごく悲劇でしょ」

春宮は眉間《みけん》に皺《しわ》を寄せて、羽宮の話を聞いている。伝わっているかどうか、あまり自信がない。それでも、つづけるしかない。

「それがタブーと呼ばれるような関係なら、慎重すぎるぐらい慎重にものごとを進めなきゃならないと、ぼくは思う。その相手と修復不可能なほど険悪になっても、あらゆる場面で顔をあわせなきゃならないなんて地獄みたい。ぼくは、そんなの、絶対にいやだよ」

春宮の名前とか、兄とか弟とか、そういった決定的な単語を出さないまま、どうにか説得しようとしているから、回りくどくなる。そして、頭はさっきからオーバーヒートしそうなぐらい、ぐるぐる回転しっぱなしだ。

なのに、まったく手応えがない。春宮の表情が、眉間に皺を寄せたまま、ぴくりとも動かないからだ。

聞いているのかどうかすら、怪しく思えてくる。

もう、こうなったら、単刀直入に言ってしまおう。だって、羽宮の頭では、これが限界だ。

「春宮は、ぼくにとって大事な弟だよ。それ以外の感情なんて、ないからね」

「大人って、いくつだ？」

「…え？」

なんで、また唐突にそんなことを。

「羽宮の思う大人って、何歳だ？」

「え、二十歳じゃない？」

だって、成人するんだし。

「つまり、俺が大人になって、それでも羽宮を好きだったら、羽宮は俺のものになるってことでいいんだな？」

「…は？」

羽宮は、まじまじと春宮を見た。

何をどうしたら、そんな結論にたどりつくのか。

真剣に問いただしたい。

「だったら、俺は二十歳まで待つ」

春宮は、にやりと笑う。

「どうせ、あと十年もないしな」

そう、たしかに春宮はそう言った。その十年もない、が、正確にはいったい何年だったのか、よくわからない。それを言われたのは小学校の高学年以降だった、という事実が浮かびあがってくるだけだ。

だから、あの告白がいくつのときだったのかは、いつまでたってもあいまいなままだ。

「それでいいんだろ？」

春宮が念を押してくる。

そういう意味じゃない。いくつになろうと、おまえの気持ちを受け入れるわけにはいかないんだ。

そう言おうとして、やめた。

だって、二十歳までには、春宮だって自然に兄離れができているだろう。

それに、もうこれ以上、春宮と話しているのが怖かった。二十歳まで待つんだったら、それでいいんじゃないか、と、使いすぎてぼんやりしてきた頭で、そんなふうに考えた。

「わかったよ」

だから、羽宮はうなずいた。

あとから考えれば、それすらすべきじゃなかった、とは思う。何もせずに、春宮から去ればよかった。

うなずいたことで、その申し出を承諾《しょうだく》したことになってしまっている。

でもまさか、こんな事態になるとは想像もしていなかったんだもの。

「じゃあ、俺もわかった」

春宮も大きくうなずいた。

「二十歳だな。それまでに、羽宮もちゃんと考えとけよ」

ああ、これで解放された。

すごくほっとした。ちゃんと考えとけ、と言われたところで、考えることは何もない。

春宮は、かわいい弟だ。

本当にそれだけ。

それに、あと十年もあるのなら、その間にどうとでもできる。これで、この話はおしまい。

そう思った羽宮が甘かった。

あれから誕生日ごとに、春宮は、あと何年で俺のものになるんだな、と、年数のところに数字を入れながら、羽宮に告げるようになった。

羽宮はかなり焦《あせ》って、いろいろ頭を悩ませ、ほかの人ともつきあってみて、ぼくもだれかとつきあうから、と新たな条件を加えた。

それでも、どうしてもぼくがいいって言うなら考える。

何も約束しないでおこうと思ったのに、そうとでも言わないと春宮が承知してくれなかったから、負けてしまった。

そのすぐあとから、春宮はいろんな子とつきあい始めた。成長するにつれ、かっこよくなる一方の春宮が、相手に不自由するわけがない。それまでは、よそ見をせずに羽宮一筋だっただけなのだろう。

羽宮は、ほっとした。きっと、これから先、羽宮よりも好きになれる人が出てくるにちがいない。

一方、羽宮はというと、大学生になって急にいままでとちがった世界が広がり、本当に気の合う相手というのもわかって、初めて彼女ができた。親にも、もちろん、春宮にも内緒にしていたが、一年半つきあって、結局、別れた。

家族に紹介してくれないなんて、本気じゃないんだよね。

彼女の寂しそうな表情を、いまでも覚えている。

本気だったからこそ会わせられない、とは言えなかった。春宮のことだけじゃなくて、羽宮は、自分の家が旧華族の血筋で、使用人が何人もいて、すごくお金持ちだということを打ち明けたくなかったのだ。

そこまでは、まだ彼女のことを信用できなかった。だから、きっと、そのうち別れていたと思う。大学時代はその子だけ。

そして、いま、また彼女がいる。おなじ会社の別の部署の子だ。研修中、おなじ班になって、よく話すようになり、しばらくしたら相手から告白された。

正直なところ、特に彼女のことは好きじゃない。友達として飲みに行ってたころはその毒舌ぶりが楽しかったけれど、彼女としては必要のない部分だ。気が強くてわがままなところも、かなり苦手。それに、おなじ会社だと、情報が母親に筒抜けになるので、できるならだれともつきあいたくなかった。

だけど、その日はちょうど、春宮の誕生日のつぎの日で。

あと一年しかないぞ。

春宮にそう念押しされていた。

大学に入って、いままでとちがった人たちと知り合い、家に連れてくるほどみんなと仲良くなったのに。

それでも、まだ、自分をあきらめてくれないのか。

絶望的な気分になっていたところに告白されたから、自分に彼女がいたらあきらめてくれるかも、と、つい、いいよ、と返事をしてしまった。

あれから一年たっても、まだつきあっている。

やっぱり、彼女としてはまったく好きではない。大学生のときの相手は、ちゃんと好きだったんだなあ、とことあるごとに思う。

ただ、ひとつだけよかったことがあるとすれば、彼女は秘密主義で、羽宮とつきあっていることを公にしようとしなかった。

おかげで、母親にはばれずにすんでいる。

ここのところは忙しいのもあって、まったく顔をあわせていない。たまに、ＳＮＳでやりとりをするぐらいだ。

向こうもなんとなく、羽宮から心が離れているような感じがするので、このまま自然消滅でもいいと思っていた。

今朝までは。

春宮が、自分のことをまったくあきらめてない、と改めて知るまでは。

二十歳になったら考える。

たしかに、そう約束した。

いくら考えたところで、春宮を受け入れるわけにはいかない。だけど、この十年近く、ほかの人とつきあいながらも羽宮を好きでいた春宮が、その答えに納得するとはとても思えない。

誕生日以外は何も言ってこないので、普段は春宮と仲良くしている。たわいもないことをしゃべり、たまにケンカもしたりする。ごく普通の兄弟だ。

どうして、それじゃダメなんだろう。

羽宮にとって、春宮はずっと大事な弟なのに。

どんどん成長して、見た目だけじゃなく中身もかっこよくなっていく春宮には、ちゃんとした人と幸せになってほしい。

それには、羽宮が憎まれ役になるしかない。

春宮に初めて告白されたときは、弟としての春宮を手放したくなかった。だから、だましだまし、この距離感でいければいいと願った。

いまだって、その気持ちに変わりはない。できれば、ずっとそのままでいたい。

でも、それは無理そうだから。

ここは、もう、あきらめるしかない。

2

『今日、夜は暇？』

　羽宮は会社に着いたとたん、よっぽどのことがないと使わない社内メールで、彼女である川《かわ》崎《さき》千《ち》夏《なつ》にそう尋ねた。社内メールは確実に相手に届くし、相手もすぐ気づけてその場でレスポンスができるので、とても便利ではあるけれど、うっかり送る相手をまちがえたりしたら（そして、それはどれだけ気をつけても絶対に起こらないわけじゃない）、自分たちの関係が知れてしまう。なので、緊急時以外は避けよう、と二人で話し合って決めた。あと、彼女に送る場合、私用だということをなぜか強く感じて、罪悪感を抱いてしまう。

　飲み会の連絡やらは普通に回ってくるし、たまに、雑談めいたメールを仲のいい同期に送られて、それに返事もしているから、厳密にすべて仕事で使っているわけではないのだけれど。

　その差がどうしてなのか、羽宮自身にもわからない。

『暇だけど、どうしたの？』

　すぐに千夏から返事がきた。どうやら、千夏もすでに出社していたらしい。羽宮はほっとする。今日は定時に帰るというのに、仕事中に千夏とメールのやりとりをするなんてありえない。

これなら、始業前に用件がすみそうだ。

千夏が暇なのも、これまたありがたい。千夏の部署はマーケティングをやっているので、あまり決算と関係がない。それに、千夏は一般職なので、よっぽど忙しいとき以外は定時ちょっとすぎには帰っている。ただ、羽宮が十月になるまでは忙しくて会う時間がないと断っていたから、別の友達とごはんでも行く約束をしている可能性はあった。そうだったらどうしよう、と不安だったものの、これで第一段階はクリア。

『昼休み、ちょっと話せるかな?』

『無理。みんなでごはんに行くの』

『じゃあ、終わったあと、例の場所で待ち合わせでどう?』

『いいけど、なんの用?　ちょっと怖いんだけどw』

wマークをつけてるが、文面からは不審そうな様子が伝わってくる。羽宮だって、急にいつもは使わない手段でこんなこと言われたら怖い。

ああ、別れ話をされるのか、と考えてしまいそうだ。

『話があるんだ』

そう送ってから、しまった、と思う。こんなの、完全に別れ話切り出しパターンじゃないか。

『え、だったら、もったいぶらないで、いま話してくれたほうがいいんだけど。どうせ、このメール全部消しちゃうんだし』

もし社内メールを使った場合は、ゴミ箱に移動するだけじゃなくて、復元不可能なように完全に痕跡を消すこと。

それも二人の間の決めごととして、きちんと徹底していた。

たしかに、これからすぐに消せば、だれにもメールを読まれる心配はないだろう。かといって、メールですませられるような内容でもないし。

『話っていうか、頼みがある』

ここは、千夏の不安をやわらげる方向にいこう。頼みだったら、別れ話に関係ないことをわかってくれるだろう。

『もしかして、別れてください、って泣きながら頼むの?』

すぐに戻ってきた返事に、羽宮は愕然《がくぜん》とした。

なんで、そっちに受け取るんだ!

『ちがう、ちがう、仕事終わってから、つきあってほしいところがあるんだよ。メールじゃ、詳しく言えないんだけど、別れるとかそんなことまったく考えてないから』

最後に強調のエクスクラメーションマークを入れようとしてやめた。それだと、まるでやましいことがあって、どうにか信じてもらおうとしている必死な人みたいだ。

…うん、まあ、別れようという積極的な感じじゃなくても、このままだとそのうち別れることになるんだろうな、とは思ってたから、当たってはいるんだけど。

『終わってからって、羽宮、終電でしょ?　そんなの待てないよ』

『定時、定時。だから、定時に例の場所で』

『定時？』

『それも含めて、説明するから。とにかく、そこで会おう』

例の場所とは、会社の最寄り駅とは反対側に十五分ほど歩いたところにあるさびれた喫茶店だ。たまたま二人で歩いているときに見つけた。会社の人たちは来ないようなお店なので、会社帰りに待ち合わせするときはここにしている。

先に来たほうが中に入って、コーヒーでも頼んで待っている。あとから来たほうは、着いたら携帯に連絡して、お店の中には入らない。お店で待っていたほうがすぐに会計をして、そこで合流するのだ。飲み物代は折半《せっぱん》。どっちかがずっと先に着いたりしたら不公平だから、と千夏から言い出した。こういう細かいことを言われるのもなかなかに新鮮で、最初はおもしろがっていたものだ。

だけど、いまは、わざわざ二百円とかを払うのがめんどくさくて、これなら、全部、ぼくが払うよ、と言いたいのをぐっとこらえている。

そうやって、どんどん、言わないことが増えて、その分、気持ちは離れていく。

わかっているけど、仲を修復しよう、と考えてなかったところに、千夏への本当の気持ちが表れていた。

なのに、いま、自分は千夏を利用している。

最低だ。

でも、ほかに方法がない。

『わかった。じゃあ、メール消すね』

『ありがとう。急に悪かったね』

千夏からの返信はなかった。羽宮はかわしたメールをすべてきちんと消去する。

これで、とっかかりはできた。

あとは、千夏が、うん、とうなずいてくれるのを祈るだけだ。


その日は一心不乱に仕事をした。昼休みもサンドイッチを買ってきて、席で食べながら、パソコンに数字を打ち込む。

なんで、決算って、こうも終わりがなさそうなんだろう。数字を打ちまちがえたら、それを探すのも大変だし。

普段なら、ちょっと休憩するか、とコーヒーを淹《い》れたりするのに、それすらもしない。ひたすら、椅子に座ってパソコンに向かう。定時近くには、足がぱつぱつにむくんでいた。

…座りっぱなしって、やっぱり、だめだな。たまに立ったりするのは、必要な運動だったんだ。

そんなことをこの年になって初めて知る。それほど椅子に座りつづけたことがない、ということは、集中力がないみたいでちょっと恥ずかしい。

定時となる六時ぴったりに、課長の内線電話が鳴った。課長が、はい、と渋い声で出る。

「はい、はい、はい、わかりました」

課長が受話器を置いて、羽宮を呼んだ。羽宮は、あーあ、と思いながら、立ち上がる。せめてここまでは、と思った部分まで、あと三十分もあればできたのに。

本当に、母親はタイミングが悪い。

課長はメモにさらさらとペンで何かを書きつけて、それを羽宮に渡した。

『お父様が事故にあわれたそうだ。○○病院へ行きなさい。だれにも説明せずに、静かに出て行けばいい。いろいろ心配されるのもめんどうだろう』

羽宮は思わず、課長に抱きつきそうになった。こんな気づかいができるから、出世できたのだろう。

上司がこの人でよかった！

羽宮は小さくうなずいて、そのままロッカーに向かい、なるべく音を立てないようにカバンを取り出して、あいさつもせずに部屋から出た。

すごく心苦しいけど、父親が事故にあった驚きや不安、なんて、羽宮には表現しようもない。だって、ウソなんだもの。

課長には、明日、何か小さなお菓子でも持っていって、こっそり謝ろう。ただ自転車で転倒しただけみたいで、しばらく起き上がらなかったら母親が心配して救急車を呼んでしまったんです、とでも説明しておけば、課長はほかのだれにも言わないでいてくれるんじゃないだろうか。

ああ、でも、本当に、仕事の邪魔する母親のバカーッ！　あと、決算期に誕生日なんて、春宮もバカ…いや、これはちがう。生まれた日時はだれのせいでもないし、春宮が生まれなかったほうがいいなんて、一度も思ったことはない。

いろいろ困らされているし、今夜がその最たるものではあるけれど、それでも、春宮が自分の弟でよかったと思っている。

やっぱり、自分はどこまでいってもブラコンだ。

申し訳なさから、会社から身をすくめるようにして出ると、羽宮は喫茶店に急いだ。さすがに、ここまで定時ぴったりだと自分のほうが早く着くだろうが、もし、千夏が先にいたとしたら、あまり待たせたくない。

今日はとんでもないお願いをするのだ。えー、ちょっとそれはやだ、と断られたら、計画が丸つぶれになってしまう。

喫茶店に着くまでに千夏からメールが来なくて、ほっとした。中に入り、アイスコーヒーを頼んで、千夏に、着いたよ、とメールを入れる。まだまだ残暑が厳しい中、早足で来たので、出てきたアイスコーヒーが喉に染みわたった。あっという間に飲み干す。

三十分ぐらい、お店に置いてある雑誌を読んでいたら、千夏から連絡があった。今日は話があるので、そのまま入ってきてもらう。

「どうしたの？」

千夏は不審そうだ。それはそうだろう。

「こんなに早く帰って大丈夫なのかしら、と羽宮の部署を帰りに、ちらっと見てきたけど、みんな、鬼の形相で仕事してたわよ」

「決算間近だからね」

中間決算の締め日まで、あと一週間ぐらいしかない。いまさらこれが⁉ みたいな細かい決算がぼろぼろ出てくるし、こんなの普段からやっておけばよかった！ と心底後悔するようなめんどくさい計算をしなきゃいけないものもあるし、で、締め日が近づくにつれて、どんどん追い込まれてくる。

日中は当然、本来の営業仕事もあって、それも決算前は忙しくなるので、あわせて、ずっとバタバタしている。

これまで、去年の九月の中間決算、今年三月の本決算、そして今回と三回やってきたはずだが、こんなに忙しくなかった。もしかしたら、まだ新人の羽宮は役に立たないので早く帰されていたのかもしれない。

自分の担当を持つと、決算が大変になってくる。営業だからなのか、みんな、書類仕事を後回しにする傾向があって、だから、この時期に頭を抱えることになるのだ。

もっと日ごろからちゃんとしてれば。

きっと、これからも決算のたびに、おなじことを考えるにちがいない。

「うちはのんびりしたものよ。いまのところ、新商品を扱う案件もないし、いつものとおりって感じ」

そう、新しい商品を扱うことになると、マーケティング部は大忙しになる。千夏も残業の連続だ。その分、給料がよくなるから助かるわ、なんてことを言っていた。

「で、なんなの？　私も何か頼んだほうがいい？」

「そうだね。ちょっと話があるから」

「じゃあ、アイスティーにしようっと」

千夏が手を挙げて、マスターを呼んだ。羽宮もアイスコーヒーのおかわりをする。飲み物が届いて、おたがい、一口飲んでから、羽宮は口火を切った。

「今日、弟の誕生日なんだ」

「へえ、おめでとう」

千夏はどうでもよさそうに告げる。

「でもさ、そういう核心に触れたくないがゆえの情報とか、いらないから。そもそも、私、羽宮に弟がいたことすら知らないし」

千夏の冷めた口調は、友達のころから変わらない。最初のころは、本当に自分のことを好きなんだろうか、と疑問に思ったけど、よく考えたら、羽宮だって千夏のことを利用しているだけなので、人のことは言えない。

もとからこういう物言いなんだろうな、と考えれば、気にならなくなった。

「ちがうんだって」

羽宮は真顔になる。笑顔でごまかさないで、とよく言われてるから、大事な話のときは笑わないようになった。

…ぼく、なんで、この子とつきあってるんだろう。好きじゃないどころか、自分を出すことすらできないのに。

全部、タイミングだ。春宮に追いつめられたときに、千夏がそこにいた。

こういうのを運命と呼ぶのかもしれないが、正直、こんな運命ならいらない。千夏は友達としてならいいけど、つきあうには、いろんな面が羽宮とあわなさすぎる。春宮が自分をあきらめてくれれば、千夏とも終わりにできるのに。

なんてことを思ってる自分が一番最低だというのは十分理解している。

「うちの弟の誕生日パーティーがあるんだけど、千夏に一緒に来てほしい」

「はあ?」

千夏が眉をひそめた。

「弟って、いくつよ？」

「二十歳」

「え、バカなの？」

千夏があきれたような表情になる。

「なんで、二十歳の誕生日を家族と祝うのよ。友達とか彼女とか、もっと一緒に過ごしたい人がいるでしょ」

「うちのしきたりなんだよね」

羽宮は、ぼくにも理解できないんだけど、みたいに肩をすくめてみせる。

「二十歳までは、家族みんなでパーティーをする。それ以降は、どうぞご自由に。母親が、子供が成人するまでは自分の責任、成人したら子育ては終了、って考えだから、ぼくも二十歳までは毎年、家族四人で誕生パーティーやってたよ」

そして、これは言う必要がないから黙っておくけど、二十四歳になった今年の誕生日も家でパーティーをした。羽宮の誕生日は五月四日で、ちょうどゴールデンウィークの真っただ中。中学生ぐらいまでは家族全員で海外に旅行して、そこでお祝いしてもらっていた。高校生にもなると友達と遊ぶほうが楽しくなって、誕生日以外は出かけていた気がする。大学生も似たような感じ。

社会人になったいまは、さすがに入社して年数が浅いので有休を合い間に取って連休にする勇気もなく、ここ二年、カレンダーどおりの休みだ。今年なんて、最高で三連休しかなかった。なので海外には行けず、かといって国内で行きたいところもそうなくて、うだうだしているうちに誕生日当日になっていた。千夏が法事か何かで祖父母のところに行っていたので、誕生日に会おう、ということもなかったし。

そういえば、ゴールデンウィーク後にも、お誕生日だったよね、はい、これプレゼント、みたいなことはなかったな。

そんなことを、いまさら思い出す。でも、それを特に不満に思ってなかったから、そのころにはすでに、おたがい、心が離れていたんだろう。

この作戦は正しいのだろうか。

羽宮の心に、そんな不安が忍び寄る。

千夏を家に呼んで、彼女だよ、と家族に紹介する。みんなの前では、さすがに春宮も何も言うまい。家族水入らずのパーティーに連れてくるぐらいだから、羽宮が本気なことは伝わるだろう。

真面目に考えた結果、これまで内緒にしてきた彼女を連れてくることにしたよ。ぼくの気持ち、わかってくれるよね?

笑顔でそう言えば、春宮もあきらめてくれるはず。

たぶん。

絶対に、と断言できないところが悲しい。

でも、そうやって千夏を利用して、せっかくこのまま自然消滅できそうなところで関係を復活させせ、本気でつきあわなければならなくなるのも、かなりしんどい。千夏が羽宮の家柄を知って、羽宮を理想の結婚相手とみなすようになったら、話がもっとややこしくなる。

羽宮は純粋に人柄だけで好きになってほしいので、プロポーズして、相手に承諾してもらい、両家にあいさつを、という段階まで、つきあっている人を親に紹介するつもりはなかった。

いくら、お金なんて関係ないわ、なんて口では言っていたとしても、頭のどこかで、この人はお金持ちなんだから結婚すれば一生安泰ね、と思ってしまうだろう。それが悪いわけじゃない。いったん知ったことを忘れることはできないし、本能的な部分での考え方は本人にもどうしようもない。

大学のときに、それを痛感した。それで、友達を何人もなくした。

羽宮が悪いわけでも、向こうが悪いわけでもない。

金持ってんだから、ここおごってくれよ。

何気なく言われるその言葉は、冗談半分だったのだろう。羽宮はお金に苦労したことがないから、バイトをしながら生活費をどうにかやりくりしている彼らの気持ちはわからない。それとおなじで、彼らにも羽宮の生活は理解できない。

たしかに、お金はある。安い居酒屋をおごったところで、なんにも困らない。きっと最初は感謝されるだろう。でも、それがそのうち当たり前になり、羽宮はただお金を払うだけの人になってしまう。

そんなのごめんだ。

だから断った。ケチと言われ、だんだん、そのときの友達とは距離ができた。羽宮がお金持ちだと知らないゼミ仲間とは、いまでも友好的でいられる。

お金は人間関係を壊す。

それを身をもって知っているから、結婚相手には特に慎重にならなければ。

千夏と結婚する気はまったくない。つきあっていることを隠しているおかげで、別れるのも簡単だ。

だけど、今日、家に連れていって、羽宮がお金を持っていることを知り、千夏が羽宮に執着するようになったら？

それを振りきって逃げた結果、羽宮の正体をばらされたら？

千夏を家に招待するのは、正解なのだろうか。

「ちょっと、ぼーっとしないでよ。私が質問してるのに」

「あ、ごめん、ごめん」

羽宮は慌てて、意識を千夏に向けた。たしかに、ずっと考えこんでしまっていた。

「で、何?」

「ホント、私の話、聞かないわよね」

千夏が、わざとらしくため息をつく。

「うん、ごめんね」

こういうときは謝っておけばいい。

「だから、なんで、私に来てほしいのよ。そこが、まったく理解できないんだけど」

なるほど、それは当然の疑問だ。羽宮は今朝、電車の中で考えついた理由を口にする。

「弟が二十歳になって、母親は、ああ、ようやく子育てが終わった、とほっとはしてはいるんだよ。でも、それと同時に、寂しさもあるんだよね。ぼくが成人してからは、ぼくの生活に口出ししてはこなかったけど、もしかしたら、その寂しさのあまり、羽宮は大丈夫かしら、わたしが彼女を見つけてあげなきゃならないんじゃないの?　なんてことを考えてたらやっかいだから、千夏を紹介しておきたいんだ」

「ふーん」

千夏が肩をすくめた。

「それは嬉しい!　って感動するところなのかもしれないけど、それなら、当日に呼びだすのは不自然よね。本当にそういうことをしたいなら、もっと前から私の予定を聞いておくべきじゃない?　もし、私が友達と約束してたら、どうしたの?」

こういう頭の回転が速いところは、決してきらいじゃない。羽宮自身も、これ無理があるよなあ、とわかっていた。そこは、千夏の指摘どおりだ。

やっぱり、千夏には友達として、いろんなアドバイスをしてほしい。こうやって冷静に考えられるところは、すごい強みだと思う。

だけど、それはかなわない。千夏は、別れた男とは絶対に連絡を取らない、と公言しているからだ。

返す返すも、千夏の告白が春宮の誕生日翌日じゃなくて、羽宮が、ごめんね、友達でいたいんだ、と誠意を持って断ることができたらよかった。

だったら、全部説明して、彼女のふりをしてくれない？　と頼めたのに。

いまは、このまま千夏を好きなふりをして家に連れていくか、千夏とこの場で別れて家に帰り、春宮に、覚悟を決めろ、とすごまれるか。

どっちにしろ、最悪な二択だ。そして、春宮と向き合うなんて、絶対に選べない。

だから、この無理な設定を押しとおすしかない。

「ぼくも、今朝まで弟の誕生日を忘れてたんだよね」

それは事実だから、じっと千夏の目を見つめながら言える。

「ほら、忙しかったじゃない？　今朝、急に言われて、仕事があるから無理だって断ったのに、二十歳の誕生日パーティーにいないなんてダメよ、って押し切られたんだ」

「え、そんな理由で定時に帰ったの？」

千夏があきれたような表情になった。

「うん、まあ、そうなんだけど、母親が無理やり手を回したっていうか…」

そこを責められると弱い。いまもみんな、必死で仕事をしてるというのに、喫茶店で千夏相手に、どうやって丸めこんで家に連れてこようかを画策してるなんて、自分が情けなくなる。

「は？　羽宮のお母さん、どんな権力者よ」

千夏が、ふん、と鼻で笑ってから、あ、と小さくつぶやく。

「そっか。なるほどね。権力者なんだ？」

羽宮は何も答えない。千夏も、それ以上は聞かない。

「いいわよ」

千夏は目を細めた。

「おもしろそうだから、その誕生日パーティーに行ってあげる」

「ありがとう」

羽宮はほっとするのと同時に、恐怖も覚える。

前門の虎、後門の狼《おおかみ》って、こういうときに使うことわざじゃなかったっけ？

千夏にしろ、春宮にしろ、なんてやっかいな存在なんだろう。

喫茶店から出て、母親から何度も着信が入っているのを無視してタクシーに飛び乗り、家まで急いだ。タクシーを止めたとき、千夏は何も言わなかったし、おとなしく羽宮のあとに乗ってきた。

きっと千夏なりに、羽宮の家についていろいろと想像をめぐらせているのだろう。

家の前にタクシーを止めたときも、特に驚いていなかった。

「へえ、やっぱり」

ぽそり、とそうつぶやいただけだ。

急いでいるときはうんざりするほど長く感じる庭を急いで突っ切って、家に着いた。インターホンを鳴らすと、使用人が出迎える。

「羽宮さま、お母様が首を長くしてお待ちです」

これは使用人語で、待ちくたびれてカリカリしてるから気をつけてくださいね、の意味だ。

そんなの、わかってる。

羽宮は定時に帰ったものの、三十分、千夏を待って、そのあと、三十分近く話していたせいで、一時間はよけいにかかった。母親の不機嫌そうな様子が目に浮かぶ。

そして、千夏を連れてきたことで、もっと不機嫌になるだろうことも。

家族水入らず。

それは、母親にとって、とても大事な決まりごとだ。親戚づきあいは頻繁《ひんぱん》にしなければならないし、旧華族間の集まりも多く、そのどちらでも羽宮の家の格（という表現がまかりとおるのがこういった社会だ）は低いほうなので、母親はかなり気を遣っている。本来なら、夫婦そろって出席が当たり前だが、父親が働いているため、ほぼすべての会合に母親一人で出なければならないのも大変ではあると思う。

家族しかいないって、本当に楽しいわね。

家族の誕生日パーティーごとに、母親はそう言っている。

それも、今日は特別だ。春宮は羽宮とちがって外に出るのが好きなので、二十歳までと決められた誕生日パーティーの期限が終わったら、もう誕生日当日に家にいることはないかもしれない。

母親だって、子育て卒業記念日だ。しみじみと四人で過ごしたかっただろう。

それは、本当に申し訳ないと思う。それも、真剣に交際しているわけでもない相手を連れてきたりして。

でも、羽宮のことを考えてほしい。何も武器を持たずに出席したら、春宮の餌食《えじき》になるだけだ。

だから、どんな視線を浴びても平気な顔でいよう。幸い、母親は不機嫌なときでも笑顔で他人と接することができる。

これもまた、育ちのせいだ。

パーティーでは笑顔で。知らない人にも笑顔で。とにかく外に出たら笑顔で。

それを小さいころからたたき込まれている。羽宮が社交界デビュー（というのもおかしな話だけれど、旧華族の集まりに連れていかれたことがあるのだ。おなじぐらいの年齢の子はまったく見かけず、ただただつまらなかった。あれは、母親が退屈しのぎの話し相手にするために、わざわざ羽宮を出席させたんじゃないか、といまも疑っている）したときも、会場にいる人たちは全員、うちよりも家柄がいいんだから、何を言われてもにこにこしていなさい、ときつく言われた。なので、羽宮はずっと笑顔を浮かべて、何を言っているかもよくわからない年配の人の話にあいづちを打ち、ただ気疲れしただけだ。

母親はすごいな。

そのときに、心底、感心した。

だって、こんなのを週に一回ぐらい、何十年もやりつづけているんだもの。

そんな母親だから、どんなに怒っていたとしても、千夏に話しかけ、笑いかけ、千夏の居心地が悪くならないように気を配るはず。

あとから、羽宮が死ぬほど怒られることは、いまから覚悟しておこう。

「どなたですか？」

使用人が笑顔を貼りつけたまま、羽宮に尋ねた。ああ、そうか。千夏を紹介するのを忘れてしまった。

「こちら、川崎千夏さん」

羽宮は使用人に、千夏の名前を告げる。

「一人分、席を増やしておいてくれる?」

「今日は、春宮さまのたっての希望で、立食パーティーになりました」

「ああ、そうなんだ」

それはよかった。コース料理だと、すべてを食べるまで席を立てない。母親はそつなく接してくれるだろうし(腹の中は煮えくりかえっていたとしても)、父親は特に、家族水入らずにこだわってないから、普通の態度だろう。

怖いのは、春宮だ。こんな日になんで女を連れてくるんだ! と怒って、何もしゃべらなくなるかもしれない。

春宮は思ったことがすべて顔に出る。愛想笑いなんて言葉、春宮の辞書にはない。

それほど、自分の感情に従った行動しかしない。

そういう春宮を、羽宮はとても気に入っている。裏を考えたりしなくていいから、楽だ。

だけど、こういうときには困る。食事の最中、ずっと、ぶすっとしていられたら、空気も重くなるし、千夏は千夏で、またそういう空気を楽しむフシがあるので、春宮にわざとちょっかいをかけないともかぎらない。おたがい、退《ひ》くことを知らないから、大ゲンカに発展する可能性もある。

春宮の気持ちには応えられないけど、弟としては大好きなのだ。そんな春宮の二十歳の誕生日を台無しにしたくはない。

立食パーティーなら、席に着いたりしなくていい。千夏と春宮を近づけさせないようにするためには、もってこいだ。春宮は怒って、ずっと遠くでずっと羽宮をにらんでいるだろうけど、気づかないふりをしておこう。

「じゃあ、このまま行くよ。ダイニングルーム?」

「いえ、リビングです」

ああ、それなら、もっと安心。リビングは四十畳ぐらいあって広いし、テレビはさすがにつけられないだろうけど、音楽プレーヤーがある。困ったときは、それに頼ればいい。パーティーだから騒ごうよと、ガンガン音を大きくして、リズムに乗って踊っていれば、勝手にときは過ぎていく。

うん、これは使える。

「お客様がいらっしゃること、お伝えしておきますね」

使用人は軽く頭を下げると、リビングへ小走りで向かった。

「金持ちなんだね」

千夏が羽宮を見る。

「うん、内緒にしてたけどね」

羽宮は重い空気にしたくなくて、わざとおどけた。千夏には、パーティーが終わるまで味方でいてもらわなければならない。怒らせたくはない。

「私が信用できないから？」

千夏が笑顔で首をかしげる。その表情からは、千夏の心情が測れない。

「ううん。千夏だけじゃなくて、だれも信用できないから」

羽宮は真実を告げることにした。千夏は、そっか、とうなずく。

「いやな目にあってきたんだね」

千夏のそういった鋭いところは、本当にありがたい。そして不覚にも、ちょっと涙が出そうになった。

そう、いやな目にあってきたんだ。

「そうだね」

羽宮は認める。そして、感傷的な気持ちをふっきるかのように、いたずらっぽくつけくわえた。

「いまからは、千夏がいやな目にあうかもしれないよ」

「それも、おもしろそうじゃない？」

千夏がにっこりと笑う。

千夏を連れてきたのは大正解だったかも。

羽宮は心から、そう思った。

母親だけでなく、春宮に対抗するためには、ここまで強い人じゃなきゃ無理だろう。

家族に紹介したことで、千夏がお嫁さん候補になってしまう可能性があって、それが一番いやなことだけど。

春宮からの攻撃を避けるための選択肢《し》に正解がひそんでないんだから、そのぐらいはしょうがない。

…うん、本当にしょうがない。


「ただいま〜」

羽宮はなるべく能天気にリビングに入った。中央にダイニングテーブルが置いてあり、そこにたくさんの種類の料理が並べてある。

まずは目にも鮮やかなピンチョス。パテ、エビ、チーズとオリーブ、ダイストマトのオリーブオイル和《あ》え、など、上に乗っている具材も豊富だ。ほかにも、パンじゃなくてキュウリやアボカドを台座にして、マグロやうずらの卵をのっけたものもある。何かを飲みながらつまむのには、とてもいい。手も汚れないし、一口で食べられる。

あとは前菜として、牛肉のカルパッチョ、ブロッコリーとマッシュルームのアヒージョ、イワシのフリット、といったイタリアン寄りのもの。今日のケータリングがそっち系統なのだろう。

そして、その中に燦然《さんぜん》と輝く、アジの南蛮《なんばん》づけ。母親はこれが大好きで、どこに頼んでも、かならず入れてもらっている。ほかのものとの相性なんて気にしない。

メインはパスタがトマトソース、クリーム系、オイル系の三種類、グラタン、サワラの香草焼き、サーモンのグリル、ローストビーフ、ポットロースト、手羽元ともつの煮込みなど。お酒も、シャンパン、白ワイン、瓶《びん》ビールはクーラーボックスに入っていて、赤ワイン、ウイスキー、ブランデーなどのほかに、料理にあうかどうかははなはだ疑問な日本酒や焼酎も置いてある。

立食のときは、飲み物も食べ物も自分で取るのが決まりなので、父親のグラスが空いたな、とか気を遣わなくていい。

「おかえりなさい」

シャンパングラスを持った母親は、完璧に仮面の笑顔をまとっていた。羽宮がだれかを連れて帰ってきたことを知っているからだ。

もし、羽宮だけだったら、遅いわよ！　と開口一番、怒られていたにちがいない。

「素敵なお客様が一緒のようね。紹介してちょうだい」

うわー、すごく怖い。

羽宮の体の芯《しん》が、まるで凍りそうだ。やわらかいのに、怒りといやみがたっぷり混じってる口調なんて、上流社会で鍛えられなければ身につかない。

「こちら、川崎千夏さん。ぼくの会社の同僚だよ」

「川崎さんね」

母親が笑顔を深めた。

…いや、ホント、怖いんだけど。春宮から逃げたいってだけで千夏を連れてきたの、もしかして大失敗？　この場はどうにかなったとしても、母親の怒りが今後どれだけつづくか、わかったものじゃない。

いや、でも！　その覚悟で連れてきたんだし、千夏には味方はぼくしかいないんだから、しっかりしなくちゃ。

「たしか、羽宮と同期でいらっしゃるわよね？　マーケティング部でただの事務職をがんばってらっしゃるとか。あんな大きな会社に入っておいて、まるで、あなたのとりえはパソコンにくだらないものを打ち込むだけよ、みたいな扱い方をされるのは、納得いかないんじゃないかしら？」

…千夏、ごめん。本当にごめん。

羽宮は内心で、千夏に謝りまくった。

まさか、こんなほんのちょっとの間に、千夏の個人情報を取り寄せるなんて。そして、家族にはやさしいけれど他人には攻撃的な本領を、ここまで発揮するなんて。

仕事で疲れてるってのに、マジでごめん。

「いえいえ、そんなことないです」

千夏の声は普通だった。それが、羽宮の不安をあおる。

千夏は、言ってしまえば、ケンカっぱやい。飲み屋で怖そうな男相手でも、平気でケンカを売ったりしている。危ないからやめなよ、と注意しても、だって、あいつら、むかつくんだもん、と反省しない。

たしかに、千夏がケンカをふっかける相手は、ほぼ全員、人間的に問題はあったりするけれど。それでも、見て見ぬふりをするほうがいい場合はある。羽宮なんて、そういうときはさっさと店を出てしまうタイプだ。

その千夏が、こんないやみを言われて普通にしている。いったい、どういうつもりなんだろう。

羽宮はさっきから怖くて、母親と千夏の表情が見られない。ハブとマングースの戦いからは、できれば離れていたい。

「私は、自分の能力をきちんとわかっています。おかしな高望みをして、できもしないことをやらされて、体どころか頭までパンクしてしまったら、何年も療養生活をしなければならないですもの。私ごときの成績であんな大きな会社に入ることができたってだけでラッキーなんですよ。辞めなければ生涯、お金に困ることもないですし、定年後も手厚い保障が受けられます。普通の国民年金の方とは…」

　そこで、千夏は、はっと気づいた、みたいな演技をする。

「すみません、年金なんて関係ない次元のお暮らしですものね。自分に与えられた場所で働く貴さとか、そもそも、働く意義なんてものがおわかりになりませんよね。私も、自分の息子が二十歳になったときに、こんなパーティーを開きたいと思いますわ。でも、たぶん、私の息子はきちんと自分の考えを持っているので、なんで、二十歳までクソババアと過ごさなきゃなんねえんだよ、ふざけんな！　って反抗すると思いますけど。普通はそうですよね。私の周囲の男友達、全員、二十歳の誕生日に親と過ごしてないですもの。ほとんどみんな、成人したぜ、イエーイ、なんてバカなことを言いながら、友達に祝ってもらってましたわ。でもそれは、下世話な人間だからであって、こんなふうに家族四人で誕生日当日を過ごすっていうのは、とてもうらやましいと思います」

　うわあ、うわあ、うわあ。

　羽宮はこの場から逃げたくなった。

　千夏のことは、むかついたときにだれにでもおなじようにケンカを売る人だと認識してきたけど、ちがった。相手によって、きちんと態度を変えていたのだ。

そういえば、ケンカを売った相手となぜか仲良くなっていたり、相手のほうがいたたまれなくなって逃げ出したり、と、千夏がケンカに負けたのを見たことがない。もしかしたら、千夏なりに、本当にやばいやつには手を出さずに、勝てそうな相手を選んでいたのかもしれない。

でも、うちの母親相手はやばいって！　この人、こういったいやみ応酬のプロだよ⁉

あと、ぼくとしてもいたたまれないから、やめてほしいんだけど！　すごく勝手なお願いをして家に来てもらったのに、母親にいやみを言われてもおとなしくしてろ、とまた新たに頼むのは、さすがにひどいとは思う。

でも、春宮の二十歳の誕生日を台無しにするのは、やっぱりちがう。

全部、ぼくが悪かったから。

このまま千夏を連れ出すから。

お願い、二人とも牙を引っ込めて！

「わたしは甘い母親なので、二十歳のお誕生日は大人として一人前になった姿を見せてほしい、と願ってしまうの。羽宮だって、きちんとオーダーメイドしたスーツを着て、初めてのワインを飲みながら、家族四人でフランス料理を楽しんだわ。ああ、もちろん、お店じゃなくて、家でですけどね。だって、なんのマナーも知らずに、お店で恥をかいたらかわいそうじゃない？　たとえば、人の家に初めて来るのに、手みやげもない、なんて失態を犯したら、親の教育はどうなってるのかしら、って考えてしまうでしょう？」

「そうですね」

千夏は穏やかに受け答えをした。

「わたしも、そんな大事な弟さんのお誕生日パーティーに押しかけるのは申し訳ない、知らなかったからプレゼントも買ってない、そんな失礼なことはできない、と固辞したのですけど、羽宮くんが、きみが来てくれることで、ぼくに大事な女性がいるとわかって母親は安心する、それが一番のプレゼントなんだ、それに、ぼくも誕生日なんてすっかり忘れててプレゼントも買ってないし、気にしなくていいよ、と言ってくれたんですよ。つまり、お母様の言いたいことは、大事な弟の誕生日を忘れるほどダメな息子にしつけた、と彼女に思われるような失態を犯すな、ってことですよね？」

「はい、ストップ」

そこに割り込んできたのは、誕生日を祝われるべき当の本人だった。

「これ以上やったところで、決着はつかないよ。二人とも、おなじぐらい弁がたつみたいだし、俺としてはこのまま見てるのもおもしろくていいけど、父さんが胃の辺りを押さえてたから、もうやめてあげてくれないかな」

はっと、父親のほうを見ると、たしかに胃を押さえている。父親は平和主義者で、自分と関係のない人たちがケンカしていても、勝手に傷つくぐらいなのに、自分の妻が息子の彼女とやりあっているところなんて見たくもないだろう。

ごめんね、父さん。

羽宮は父親にも心の中で謝罪した。

こんなことになるとは思わなかったんだよ。

「ケンカをやめてくれたら、それをプレゼントと思うことにする。たしか、川崎千夏さんだよね？」

春宮は、どんな女性にもやさしい。口調もかなりやわらかくなる。

だからこそ、よりいっそう、もてるのだ。

そして、この態度ができるということは、あまり怒ってないということだ。千夏を連れてきたことにふてくされてたら、たとえ父親がどんなふうになっていても止めるわけもない。

そのことにほっとしつつ、少し疑問も覚える。

なんで、こんなに普通なんだろう。

「あと、おまえは、マジでプレゼント買ってこい。いまは忙しいだろうから、来月になったらでいいけどな」

春宮が羽宮を指さした。本気では怒ってないけど機嫌は損《そこ》ねてるんだぞ、みたいな、ちょっとすねた感じに、千夏がくすりと笑った。

「わかったわ」

千夏は春宮に微笑《ほほえ》みかける。

「ごめんね、お誕生日にお邪魔して、雰囲気を壊しちゃって。私、このまま帰るから、家族四人でつづきをどうぞ」

「あ、いいよ、いいよ」

春宮はいつの間に注いだのか、シャンパングラスを千夏に差し出した。

「四人だけじゃ、このケータリングは食べきれないし」

「私が入ったところで無理じゃない？」

「まあ、そうだけど。少しは捨てる量が減るから」

「…んー、じゃあ、お誕生日の人をたてることにするわ」

千夏はシャンパングラスを受け取って、ぐーっ、と一息に飲み干す。

「うわあ、おいしい！　こんなシャンパン、飲んだことないわ」

「いける口？」

「そうね、結構」

和気あいあいと話している春宮と千夏を見つめながら。

「認めないわよ」

母親は、羽宮に向かって、ぼそりとつぶやいた。

「あんたも覚悟してなさい。当分、許さないから」

…うん、だろうね。

羽宮はあいまいにうなずいておく。母親は、飲まないとやってられないわ、と、少し大きめな声でつぶやくと、シャンパンをまた注ぎにいった。

はあああああ、と大きな大きなため息をつきたくなる。

自分のせいなのはわかっているけど、こんなおおごとになるなんて。

それでも、たったひとつ、収穫があるとしたら。

千夏が羽宮の彼女だと、みんな、認識してくれたことだ。

それもできなかったら、絶望しかなかった。

よかった、春宮が信じてくれて。

いまも、二人で楽しそうにしゃべってくれている。その姿には違和感しかないが、このちょっとの間で疲れきって、春宮の心情がどうかなんて考える気にもなれない。

もしかしたら、羽宮が知らないだけで、家族といるとき以外は、自分の感情に反して愛想よくできるのかもしれない。

千夏との様子を見ていると、あながちまちがってもいなさそうだ。

でも、それはそれで助かる。千夏の相手を、春宮にまかせられるからだ。羽宮はもう少ししないとだれとも話す気力が出そうにないし、父親は、機嫌の悪そうな母親を所在なさげに見守っている。

盛り上がっているのは、春宮と千夏のみだ。

最悪の誕生日パーティーにしてしまった責任を痛感しながら、羽宮はお酒を取りに行った。シャンパンなんてものじゃなくて、もっと強いお酒が欲しい。

母親の言うとおり、飲まないとやってられない！

結局、二時間弱ほどしてパーティーは終わった。誕生日ケーキが登場するころには、母親は表向きの平静さを取り戻していて、千夏となんの内容もない会話を社交辞令でかわしていた。千夏も千夏で、にこやかにそれに答えたりして、女って怖い！　と、羽宮はその光景を見ながら、内心で震えていた。

千夏は、ほぼずっと、春宮とおしゃべりをしていた。羽宮は父親の隣で、ごめんね、と謝ったあとは、ウイスキーを飲みつづける。おなかが空いていたはずなのに、ケータリングに手をつける気にもならなかった。

お酒には弱くないはずが、神経を使ったせいか、何も食べてないからか、さっきから、体が熱くて、ふらふらしている。さすがに飲みすぎたようだ。

「それじゃ…千夏を送ってくるね」

羽宮は千夏とともにリビングを出た。母親が、さようなら、としか言わなかったのは、もう二度と来なくていいわよ、ということなのだろう。

たぶん、千夏だって二度と来たくないはずだ。

家の中だと使用人の耳もあるから、と、玄関を出るまで、羽宮は無言でいた。千夏も何も言わない。

庭を通ってるときも、まだ無言。門の外に出てようやく、羽宮は大きく息を吐いた。

「千夏、ごめん」

まず最初に、千夏に謝る。

「本当にごめん。すごくいやな思いをさせて」

「え？」

千夏が首をかしげた。

「いやな思い？　おいしいお酒が飲めて、おいしい食べ物を食べて、いい男と談笑して、すごく楽しかったわよ」

うわー、強いな、こいつ。

思わず、こいつ呼ばわりしてしまうほど、意外な答えが戻ってくる。

「え、楽しかったの？」

「うん。羽宮のお母さんが、ときどき、すっごい目でにらんでたから。それもまた、おもしろかった。あの人、いやみっぽいことを言い合うのには慣れてるんだろうけど、本気のケンカをしたことがないみたいだから、私に何倍も言い返されて、今日、悔しくて眠れないんじゃないの？」

　それは、たしかに、千夏の分析が当たっている。上流階級の人たちは、ケンカなんかしない。本気で相手を陥《おとしい》れたければ、言葉じゃなくて権力を使う。持っている権力が大きいほうが勝ちなのだ。

　なので、パーティーでやりあうのはお遊び程度。いやみ合戦といったところだろう。千夏みたいにズケズケと言う相手はいない。

　でも、そうだよね、と千夏に同調したくはない。ケンカをふっかけたのは母親だとしても、家族水入らずのところに部外者を招き入れたのは羽宮だ。自分が悪いことは重々承知しているので、母親を責めるのはまちがっている。

「ありがとね、千夏」

　そのかわりに、お礼を言った。楽しかった、と口で言ってはいても、居心地が悪かったのはたしかだろう。

「こちらこそ、ありがと。これまで楽しかったわ」

　千夏が右手を差し出す。

「…え？」

　これまで、って、どういうこと？

　羽宮が驚いて千夏を見たら、千夏は微笑んでいた。

「私がついてきたのは、羽宮がかなりいい家の息子なんだろうな、ってことがわかって、どんな家に住んでるのか、ただの好奇心から確認したかっただけよ。あのね、私、他人に利用されるのが大っきらいなの」

千夏は笑みを深める。

ハブとマングース。

あのたとえは、決してまちがいじゃなかった。

千夏も母親とおなじぐらい怖い。

「別に、あんたのお母さん、あんたに彼女がいなくても心配してないじゃない。それどころか、いつまでもかわいい息子でいてちょうだいね、と心底考えてそうで、寒気がするわ。子離れできない親も、親離れできない子供も、両方、気持ち悪いわよ」

これは、母親を攻撃しているようで、実は羽宮のことを言ってるんだろうな、とようやくわかってきた。

千夏は怒っている。でも、それは、母親に対してじゃなかった。

「なんのために私を連れてきたのかわかんないけど、もともと、私たち、おたがいに離れようと考えてたわけだし、ここではっきりさせとくわ。もう、つきあえない。別れましょう」

「それは…今日のことで？」

別れてもいい。

ずっとそう思っていたのに、どうしてか、ぽっかりとした喪失感がある。

千夏がここまで言っている以上、修復なんて不可能だと理解しているのに。

「ううん、どうせ、そのうち別れてたわ。でも、私のことを切ろうとしてたくせに、こういうときだけ利用するんだ、って思ったら、あの喫茶店で、さーって気持ちが冷めたの。だから、あんたのお母さんに何を言われようと平気だったし、それで、あんたが顔を青くしても、なんとも思わなかった。でも、弟くんはいい子だから、あの子のために普通にふるまってやったの。弟くんに感謝しなさいよ」

いい子ではある。でも、千夏のことを歓迎していたわけじゃない。今日初めて知ったけど、外面がいいのだ。

でも、春宮の悪口を言いたくないから反論しない。

「最後にケンカ別れするのは私の性にあわないから、握手して、きれいにさよならしましょ。今後、会社以外であなたと会うことはないわ。それは知ってるわよね?」

別れた男とは個人的には二度と会わない。

それが千夏の性格。

「本当にごめんね」

後悔でいっぱいになりながらそう言うと、羽宮は千夏の手を握った。

別れを考えるぐらい好きじゃないから、利用しちゃえ。

それは、本当に失礼なやり方だ。自分のことしか考えてないにもほどがある。

そのことを、いまようやく、本当の意味で理解するなんて。

千夏にふられてもしょうがない。本当に千夏だって、傷つかなかったわけがないだろうに。

でも、それは口にしない。

強い人だと、改めて思う。

「バイバイ」

いいわよ、とも、許してあげる、とも言わず、千夏は軽く羽宮の手を握り返すと、そのまま手を引き抜いて、横に振った。

ああ、これが最後なんだ。

そのことを、こんなに寂しく感じるなんて。

本当に、なんて、自分勝手なんだろう。

あまりにも自分が醜く思えて、しばらく立ち直れそうにない。


「ただいま…」

小さくつぶやいて、家の中に入った。すでに、みんな、自分の部屋に戻っているだろう。そのほうがいい。これ以上、今日は何もしたくない。

「お帰り」

なのに、そんな声がした。羽宮は、びくっ、と体をすくませる。

そこには、春宮が腕を組んで立っていた。

「ああ、春宮」

羽宮はどうにか笑顔を張りつけた。千夏にふられてしまったことを、悟られるわけにはいかない。

羽宮には大事な彼女がいる。誕生日パーティーに連れてくるほど、きちんとつきあっている相手だ。

そのお芝居をつづけなければ。

「プレゼント、もらうぞ」

春宮が羽宮に近づいてきた。羽宮は一歩、後ずさる。

「だから、プレゼントは買ってないって…」

「買わなくていい」

春宮がにやりと笑った。

「おまえが持ってるものをもらう」

トン、と首の後ろを軽くたたかれる。

つぎの瞬間、羽宮は、すーっ、と意識を失った。

3

まぶしい。

うっすらとまぶたを開いて、そう感じた羽宮は、手のひらで目を覆《おお》おうとする。だけど、手が途中で止まってしまった。

なに…？

羽宮はもう少し目を開けてみる。明るすぎるほどの光が、目に痛い。ハレーションを起こしたみたいに、全体が白くぼやけている。

なんで、こんな明るいところにいるんだろう。羽宮の部屋には、こんなに強い光量を放つものはない。

…ていうか、ぼく、どうしたんだっけ？

羽宮が記憶をたどろうとしたところで、遠くとも近くともわからない場所から声がかかった。

「起きたみたいだな」

エコーがかかったようでも、聞きまちがえるわけがない。

春宮だ。

「春宮…？」

羽宮は小さく呼びかけた。だけど、返事はない。

「春宮？　ねえ、春宮、ぼく、なんでここに…」

そこまで問いかけてから、すべてを思い出した。玄関で、春宮に気絶させられたのだ。

羽宮は、がばっ、と飛び起きようとする。

逃げなきゃ！

心の中は、その気持ちでいっぱいだ。

春宮と二人きりになるわけにはいかない。答えを出せ、と迫られるに決まってる。

なのに。

ガシャリ。

そんな音が響いた。体も半分ぐらいしか起き上がらなくて、手が引っ張られている感覚がある。

どうしたんだろう。

不審に思いながら、羽宮は自分の手を見た。そこには銀色の輪っかがはまっている。そして、その輪から鎖が伸びて、ベッドのヘッドボードにぐるぐると巻きつけられていた。

羽宮はようやく、自分がベッドに寝かされていることを知る。そして、両手に手錠をかけられ、ベッドから離れられないどころか、ほぼ体を動かせないことも。

ぞわり。

背筋を恐怖が走った。これをやったのは、まちがいなく春宮だ。羽宮が逃げないように、こんなにがっちりと拘束したのだとすると、羽宮がきちんとした答えを出すまで許さないつもりなのだろう。

だとしたら、腹をくくるしかない。

だって、春宮の気持ちには応えられない。

春宮を傷つけたくない。せっかくの二十歳の誕生日なんだから、いい気分のままでいさせてやりたい。

羽宮には、その気持ちがずっとあった。

いつかはきちんと拒絶しなければならないとしても、こんな忙しくて心に余裕がないときじゃなくて、もっと落ち着いたときにしたかった。

だって、仕事のことで頭がいっぱいなのに春宮に横柄な口調で何か言われたら、カッとなってしまうかもしれない。それで、思ってもないことを口にしてしまい、春宮を完膚《かんぷ》なきまでたたきのめす可能性だってある。

春宮はかわいい弟で、かけがえのない家族だ。

それだけは、一生変わらない。

だから、穏やかな話し合いをしたかった。そういうことはできないんだよ、でも、これからも仲のいい兄弟でいようね、と羽宮が心から思っていることを、春宮にどうにか理解してほしかった。

誕生日当日にこの件に決着をつけて、春宮を落ち込ませたくない。

それも、羽宮の中にある本当の気持ちで。だから、悪手《あくしゅ》だとわかっていながらも、千夏を連れてきた。結果、千夏に軽蔑され、ふられ、母親を怒らせて、誕生パーティーを台無しにしてしまったけれど、春宮が羽宮の拒絶の言葉を聞かないですむならそれでもいい、と、さっき家に戻りながら考えていたほどだ。

なのに、春宮は無理に答えを聞きだそうとしている。

だとすれば、もう、春宮を傷つけずに穏便に済ませる、という選択肢はなくなった。

羽宮はふっと体から力を抜いて、ぼすん、と布団に背をつけた。こんな中途半端な姿勢でいると、体がつらいだけだ。

「春宮」

羽宮は春宮を呼ぶ。これまでとはちがう、確固とした意思を持って。

「なんだ」

それを感じとったのか、ようやく春宮が羽宮の視界に入ってきた。

「お誕生日おめでとう」

もしかしたら、お祝いができるのは今日が最後かもしれない。これから先、春宮と普通に会話することすらできなくなるかもしれない。

だから、まず最初にそう口にした。

二十歳になった。成人した。大人としての権利を認められる。

それは、本当にいいことだと思うから。

「サンキュ」

春宮も普通に答える。

「あと、手錠ほどいて」

これは、断固とした口調で。

そうしなければ許さないよ。

兄としての威厳も込めながら。

なのに。

「やだよ」

春宮は、あっさり却下する。

「せっかくつないだのに、ほどくわけねえだろ」

「ちゃんと答えるから」

羽宮はじっと春宮を見た。

「春宮が知りたいこと、全部にちゃんと答えを出すから」

「いらねえよ」

春宮の言ったことの意味が、最初はよくわからなかった。しばらく反芻《はんすう》してから、断られたんだ、と理解する。

「…え?」

羽宮は首をかしげた。

なんで? ずっと、答えを出せ、って言ってたくせに。

「あの女を連れてきたってことは、つまり、ぼくにはつきあってる彼女がいるから、春宮の気持ちには応えられないよ、察してね、ってことだろ」

春宮の言葉に、羽宮は目を伏せた。たしかに、そのつもりだったが、改めて言われると卑怯な作戦だったな、と思い知らされる。

でも、それ以外が思いつかなかった。

羽宮としては、最善をつくしたのだ。

「けど、察してなんかやらねえよ」

春宮がにやりと笑う。

「もともと、羽宮が俺を受け入れるなんて考えたことねえからな」

「は…?」

羽宮はぱちぱちと目をまたたかせた。

「おまえが二十歳になるまでには、きっと考えが変わってるよ。そんなふうに俺の本気を疑う羽宮は、俺がどれだけ我慢してるのか気づきもしない。二十歳になったらなったで、その場で言い逃れをすればいいと思ってる。おまえの考えてることを当ててやろうか」

ぎしっ。

そんな音がして、春宮がベッドに登った。

「ぼくたちは兄弟なんだよ」

指を一本立てる。

「血がつながってるのに、そんな感情を抱くなんておかしいよ」

二本目の指。

「ぼくにとって、春宮はいつまでもかわいい弟で大事な家族なんだ。それを失いたくない」

三本目も立った。

「こんなことをしたら、両親が悲しむよ。春宮だって、親を失望させたくないでしょ」

四本目を伸ばしてから、しばらく悩んで、ま、このぐらいかな、とつぶやく。

たしかに、春宮の言うとおりだ。自分はそうやって考えている。そして、これはだれに聞いてもらってもいいが、絶対に羽宮が正しい。

血がつながった兄弟同士で、好きだなんだ、って、おかしいに決まってる。

「けど、俺からしたら」

そこで、春宮は、ふっ、と指に息をふきかけた。指が全部、きれいにもとの位置に戻る。

「それがどうした、くそくらえ。こっちだって、悩まなかったわけじゃねえんだよ。それでも、考えに考えた結果、羽宮しかいらないって結論になったんだ。ほら、よく言うだろ。神様は運命の人に出会えるように、いろんな偶然をつくる、ってな」

そんなことわざみたいなの、知らない。

そして、羽宮が予防線として持っていたものすべてを瞬時にたたき壊されて、体の中に恐怖が這《は》いあがってくる。

春宮は本気なのだ。

羽宮が想像した以上に、真剣なのだ。

もはや、羽宮の気持ちなんてどうでもいい、というところまできている。

だとしたら…。

この先を想像しただけで、鳥肌が立った。

…春宮を止めることなんて、できないのかもしれない。

「ホントは、裸にひんむいて寝かせておこうかと思った」

春宮は羽宮に徐々に近づいてくる。そのゆっくりした動きが、いやが上にも羽宮の恐怖をあおる。

「けど、やっぱり、服を脱がされたときの羽宮の表情も見てえな、って。十年も、想像だけですませてきたんだ。やっぱり、初めてのときは楽しまないとな」

「やだっ……！」

羽宮はそのとき初めて、この手錠の意味を知った。答えを出させるためじゃない。もっとちがう意味があるのだと、ようやく理解した。

春宮は、この場で羽宮を襲うつもりなのだ。

「いやだっ……！　春宮…ぼくたちは兄弟なんだよっ……！」

きっと、春宮には届かない。相当の覚悟を決めたからこそ、こうやって羽宮を縛っている。だけど、何かを言わずにはいられなかった。それも、できるだけ大声で。

明るすぎて全貌が見えないし、告白されて以来、密室で二人きりになるのを避けるために入ったことはないけれど、ここは春宮の部屋だろう。両親の寝室とは離れているとはいえ、声をからして騒いでいたら、もしかしたら気づいてくれるかもしれない。

何もしないよりはマシだ。

そんな羽宮の希望を、春宮は打ち砕く。

「いくらでも叫んでいいぞ。ここ、地下だしな。防音は完璧なんだよ」

ガン、と頭を殴られたような衝撃を受けた。地下室があることなんて、すっかり忘れていた。だって、春宮だってしばらく使っていない。

そして、春宮の言うとおり、ここは楽器の練習をしてもその音が漏《も》れないように、完全防音になっている。

ここで叫んでも、ただ壁が羽宮の声を吸収するだけ。親どころか、すぐ外にすら届かない。

「まさか…このために…」

「いや、さすがにそれは」

春宮が苦笑する。

「あのときは、ちゃんとバンドやりたかったんだよ。けど、俺、音楽の素養がねえからさ、練習してもある程度以上はうまくなんねえし、よく考えたら、プロになるわけでもないのに、ここまでがんばんなくてもいいか、ってなったら、しゅるるるる、って、バンドやりたい熱が冷めた」

よかった、と羽宮はほっとした。羽宮をこんなふうに閉じ込めるために、とんでもない大金をかけて地下室を作らせたとなると、さすがに両親に申し訳なさすぎる。

このぐらいのお金がなくなったところで、親にとっては痛くもかゆくもないんだろうけど、社会人になると、一ヶ月、がんばって働いてもこの給料か、というのがわかるので、お金に対してはとても謙虚な気持ちになる。

「けど、こうやって再利用できたわけだし、あのときバンドやりたいって思った俺ってえらいよな」

春宮は、うんうん、とうなずいた。

「バッカじゃないのっ！」

羽宮は思わず、大声を出す。これは、だれかに助けを求めたいとかじゃなくて、心からの叫びだ。

「ぼくをどうにかしたいためだけに、ここにベッドを持ちこんで、手錠買って、ぼくを気絶させて、ベッドに縛りつけて！　本当にそんなことがしたいの⁉　ぼくとの兄弟関係を壊したいの⁉　踏み出したら戻れないんだよっ！」

このあと、羽宮が想像していることが行われるとしたら、兄弟という枠には戻れなくなる。

羽宮は春宮を徹底的に避ける。なんなら、明日、引っ越してもいい。

春宮も成人したことだし、社会勉強のために一人暮らしをしたいんだ。

笑顔でそう告げたら、母親は反対するかもしれないが父親はわかってくれるだろう。もし、二人が反対しても、無理に出ていけばいい。

もうこの年齢なのだ。自分で自分の行動を決められる。

「だれが戻りたいって言ったよ」

春宮は不遜《ふそん》な表情を浮かべた。

「俺はずっと言ってるよな？　おまえのことが好きだ、おまえを俺のものにしたい、兄弟なんてどうでもいい、羽宮個人としておまえを愛してる、って」

「だから…それはっ…！」

羽宮は泣きたい気分になってきた。

春宮から、そこまで想われているのは嬉しい。羽宮だって、春宮を独占していた子供時代があるから、執着したい気持ちもわかる。

でも、自分たちは兄弟で。血がつながっていて。

それは、ほかのどんなものよりも強い結びつきなのだ。

それを切りたくはない。

ずっと、春宮とは兄弟としていい関係でいたい。

なんで、わかってくれないんだろう。

羽宮は、ずっとそう思ってきた。

どうして、ぼくをこんなに困らせるんだろう、とも。

でも、それは、春宮もおなじなのだ。

なんで、俺の気持ちをわからない。なんで、俺をこんなに困らせる。

兄弟でいたい羽宮と、兄弟でいたくない春宮。

二人の道は、絶対に交わらない。

もっと早く拒絶しておけばよかった。

いまさらながら、羽宮の中にそんな後悔が湧《わ》いた。

春宮を傷つけたくない、とか、そんなきれいごとを言ってる場合じゃなかった。

春宮と仲たがいしたくない。これからもずっと、大好きなお兄ちゃん、と思っていてほしい。

そんな自分のわがままを通したからこそ、ここまでこじれたのだ。

十年近く、春宮ときちんと対峙《たいじ》してこなかった。そのゆがみが、こんな形で出てきてしまっている。

ぼくのことが好きなら、春宮は結局、羽宮の言うことを聞いてくれるだろう。

そんな傲慢《ごうまん》な考えでいたことを、深く反省する。

だから、どうにか考え直してほしい。

世界でたった二人きりの兄弟なのだ。

失いたくない。

「それは?」

「春宮の気持ちであって…ぼくのじゃないんだよ。ぼくの気持ちもちゃんと聞いて」

「聞かなくてもわかってる、って、さっき証明してやっただろ。俺がまちがってるなら、訂正してみろ」

…まちがってはない。春宮の言うとおりだ。

でも、ひとつだけ、春宮を傷つけまいとして、ずっと口に出さなかったことがある。

いまは、それを告げるしかない。

「ぼくは、春宮をそういう目では見られない。かわいい弟だし、その点のみにおいて、春宮のことが大好き。だけど、もし、春宮がぼくに性的欲求を抱いているのなら、気持ち悪いし、近寄らないでほしい。そんなことをしたいなら、弟としての愛情すら持てなくなるよ」

ここまでは言いたくなかった。もし、羽宮がだれかを好きになって、真剣に告白したのに、こんな答えが返ってきたら、しばらく立ち直れない。

春宮は十年という長い年月を、ずっと好きでいてくれたんだから、さぞかし傷ついているだろう。

だから、ごまかしたかった。うまく逃げたかった。

ここまで踏み込みたくなかった。

「おまえ、ホント、バカだな」

なのに、春宮はあきれたように羽宮を見ている。

「…なんで?」

笑えるの? ぼくが、いままで使わなかった強い言葉で拒絶したのに。

「だれが、弟としての愛情が欲しいって言ったよ。弟として見てくれなくなるなら、こっちも好都合だ。俺のことを、一人の男として考えればいい。おまえのことが好きで、おまえが欲しくて、こうやってベッドに縛りつけている、性欲が旺盛な成人男性として、な」

春宮は目を細めた。

「おまえが、兄弟だから、家族だから、って言うたびに、へどが出る、って思ってたよ、俺は。それなら、血がつながってない別の家に生まれたかった。けど、神様は偶然という名の奇跡を作るのがうまいから、俺が初めて見るものがおまえになるように、おまえの弟として、この世に遣わしたんだ。案の定、俺はおまえを好きになって、それ以来、ずっとおまえ一筋だ。ありがたく思え」

「どこがっ！」

羽宮はわめく。

「ぼくにとっては迷惑だよっ！　それに、神様とか言うなら、兄弟でこういうことしちゃダメなんだからね！」

たしか、そんな戒律があったはずだ。

「残念、神様なんて信じてねえよ」

春宮はにやりと笑った。

「羽宮が、そういうのに弱そうだから言っただけで。俺は、俺の意思でおまえに一番近いところに生まれてきたと思ってる」

春宮がまた一歩近づいてきて、ズボンのポケットから何かを取りだした。小さな瓶に透明な液体が入っている。

「今日のために準備したんだ。最初はだれでも痛い思いをするだろうけど、羽宮をそんな目にあわせたくねえな、って思ってさ。いろんなところを探して、いろんな種類を買って、いろんな子と試した結果、これはちゃんとした媚薬《びやく》だってことがわかった。だから、これを使って、おまえを気持ちよくしてやる」

ぞわぞわぞわぞわ。

羽宮の全身に恐怖が駆けめぐった。

本気なのだ。

そのことが、どんどん現実感を持ちだす。

本気で、春宮は羽宮を襲おうとしているのだ。

羽宮の拒絶なんて、ものともしないで。

「二十歳の誕生日になったら、おまえをもらう」

春宮は低い声で、そうささやいた。

「あの告白のあとから、そう決めてた。だから、逃がさない」

春宮は、またズボンのポケットに手を入れる。羽宮は視線をそらせない。自分が見ていない間に、春宮が何をするのかが怖い。

春宮は長方形のものを取りだした。春宮の片手に簡単に収まるほどの大きさだ。

何それ、と聞きたくなかった。きっと、声が震える。怖がっているのが、春宮にばれてしまう。

こんなときでも、兄として毅然としていたい、と考えるのはバカバカしいだろうか。

春宮は羽宮に見せつけるように、その長方形のものを差し出した。どこかのボタンを押したのか、先端から銀色のナイフが出てくる。折りたたみ式だ。

「これさ、すげーんだよ。肌とか傷つけずに、衣類だけ切れんの。世の中、いろんな需要があるんだな、って感動したよ。これも実験してるから、安心していいぞ」

春宮は、にっこりと満面の笑みを浮かべた。

子供のころと変わらない、楽しそうな笑顔。

なのに、いまはただ邪悪な感じに見えてしまう。

「さて、裸を拝ませていただくとするか」

春宮が羽宮のシャツの首元に、そのナイフを押し当てた。ぐっ、と圧迫感を覚える。

羽宮はぎゅっと唇を噛《か》んだ。

怯《おび》えてるところなんて、見せたくない。

「いくぞ」

春宮が慣れた手つきでナイフを動かす。シャツの上を滑らせるだけで、肌には何も当たらない。

もしかして、何も切れてないんじゃあ。

そんな羽宮の考えは、すぐに吹き消された。

ナイフがシャツから離れた瞬間、ぱらり、と切れたシャツが左右に開く。

「きゃあああああ！」

我慢できなかった。

羽宮は恐怖と羞恥《しゅうち》で大声で叫ぶ。

「まだ始まったばかりなのに、おおげさだな」

そうやって微笑む春宮を、羽宮は呆然《ぼうぜん》と見つめた。

この人は…だれ？

ぼくの弟なの？　本当に？

ねえ、きみは…だれ？

「やめっ…！」

羽宮は体をよじらせた。春宮の手にあるナイフは、まるでそれ自体が生き物かのようにすばやく動き、羽宮の着ているものすべてをはいでいく。

あっという間に、羽宮は春宮の前に裸体をさらけ出した。あまりの恥ずかしさに耐えきれない。どうにか体を隠したいのに、手は縛られていて、それも不可能だ。唯一自由になる足をたたんで、自分自身だけは隠した。

だって、こんなところ、じっくり見られたくなんかない。

春宮はナイフの刃をしまうと、それを、ぽーん、と遠くへ放り投げる。もういらないから、というのと、もし万が一、羽宮がそれを奪って反撃に出たら、と考えたからかもしれない。

たしかに、羽宮は、機会があれば、と狙っていた。春宮より力は弱いし、そもそも、手錠で固定されているからそんなに手を伸ばせないし、羽宮が行動に移すと同時に春宮に気づかれて阻止されそうだけど。

ぼくは、こうやって抵抗している。

それを、春宮に思い知らせたかった。

なのに、その武器となるナイフはもう絶対に手が届かない位置にある。

「羽宮は色が白いよな」

春宮は目を細めた。羽宮はカッと赤くなる。

「夏とか海水浴行って、二人でおなじ時間泳いでるのに、羽宮は少し赤くなるぐらいですぐに白くなるし、俺は、これでもか、ってぐらい太陽を吸収して真っ黒になってた。夏が終わるころには、オセロみたいに白と黒に分かれて、よく母親に、兄弟なのに正反対ね、って笑われてたな。なつかしい」

なんで、こんな状況で、そんなに楽しそうに昔話ができるんだろう。羽宮はこれから何をされるか、怖くてしょうがないのに。

「あと、肌がすんげーきれー」

春宮の手が、羽宮の肩に当てられた。それだけで、羽宮は、びくっ、と体を震わせる。そんな羽宮の様子など気にせずに、春宮は羽宮の肩から首筋までを撫でた。

ぞわぞわぞわ。

羽宮の体に寒気が走る。

「やだっ…」

羽宮は、ぶんぶん、と首を左右に振った。春宮の手は、まだ首筋から離れてくれない。

「ずっと、こうやって触りたかった…」

それどころか、手を大きく広げて、羽宮の首全体を包んでくる。

もしかして、首を絞められるのかも…！

そんな恐怖がふいに湧き起こって、心臓がばくばくし始めた。

いや、そんなわけがない。春宮の望みは、羽宮を殺すことじゃないんだから。

そう考えて、どうにか自分を落ち着かせる。

完全防音の地下室に、こんな異様な雰囲気で二人きり。

それが、羽宮の精神をじわじわとおかしくしていっているのかもしれない。

春宮は、当たり前だけど、羽宮の首を絞めなかった。ふわり、とやさしく手を置いて、そのまま、上にずらす。

ぐいっ、とつかまれたのは、首じゃなくてあごだった。

春宮はにっこりと笑って、羽宮を見つめる。

それは、昔みたいな無邪気な笑顔で。

お兄ちゃん、大好き！

そう言ってくれていたときとおなじ、かわいい表情で。

なんだか、泣きたくなってくる。

どうして、いま、こんなことになっているのだろう。何度考えても、どこでどうまちがったのかがわからない。

「羽宮の唇は、やらしいんだよ」

春宮の視線が、羽宮の唇で止まった。それが何を意味するのか、理解できないほど鈍《にぶ》くはない。

「ちょっ…離してっ…！」

「たとえばステーキ食ってるときに、肉汁がちょっと飛んで、唇の端とかについたりすんじゃん？　で、それを羽宮の舌が、ぺろり、と舐《な》めとるんだよ。そのピンクの舌の動きと、食べたせいで血色がよくなって赤く染まった唇がむにむに動くのを見るたびに、あの中に俺のペニス突っ込んだら、どんだけ気持ちいいんだろう、って想像して、一人であそこを硬くしてた」

「変態っ…！」

羽宮は叫ぶ。

かわいい弟が自分の食事風景をそんな目で見ていたなんて、知りたくなかった。

一生、知らないままでよかった。

「変態？　どこがだよ。羽宮だって、好きな女相手に、エロい想像したことあんだろ」

それは…正直ない。高校のときにつきあった女の子は好きだったし、年齢も年齢だから、当然、セックスもしている。だけど、それは、恋人同士であるゆえの義務、ぐらいにしかとらえていなくて、もっとこうしたい、とか、いやらしい格好させたい、とか、そういったことはまったく考えなかった。

千夏にいたっては、羽宮のほうが受け身で、とても下世話な話だけれど、羽宮が上になっていたことはほとんどない。ずっと千夏がリードしていた。

だから、たかがステーキを食べているだけでそんなことを考えている春宮の気持ちは理解できない。

ただ、春宮のほうが普通で、羽宮のほうがあまりいないタイプである、ということは、さすがにわかっている。

特に思春期から二十歳すぎぐらいまでの男は、性欲の塊《かたまり》のようなものだ。春宮が羽宮を性的対象として見ている以上、食事どきにそんなことを考えるのは当然といえば当然なのかもしれない。

だけど、本人に告げなくたっていいじゃないか！

羽宮の体は、ぞわぞわしっぱなしだ。春宮がこれから何をして、このあと、どんな爆弾発言が飛び出すのか、怖くてしょうがない。

「羽宮の唇はやわらかいんだろうな、って、ずっと思ってた。ようやく、それをたしかめられる」

顎をつかんだ手に、ますます力が込められた。羽宮が避《さ》けられないように、固定してきている。

「春宮っ…！」

羽宮は叫んだ。

「まだ引き返せるよ！　ぼくたち、まだ何もしてないから！　いまなら、兄弟に戻れる。でも、そこから一歩でも踏み出したら…」

羽宮の言葉の最中に、唇をふさがれた。羽宮は目を見開く。

春宮の唇は温かかった。そして、やわらかかった。

春宮の体温と感触。

それを徐々に実感してくる。

認めたくない。いま自分の身に起こっていることを認識したくもない。

春宮にキスをされている。

そのまぎれもない事実に目をつぶっていたい。

ちゅう。

そんな音を立てて、春宮が羽宮の唇を吸い上げた。そのまま春宮の舌が、羽宮の唇の間をなぞる。

「…っ…」

羽宮はぎゅっと指を握り込んで、どうにか耐えようとした。

くすぐったくて、あったかくて、やわらかくて。

すぐにでも開きそうになる唇を、必死でくっつけたままでいる。

でも、無理だった。

春宮は、いくらでも時間をかけてやるよ、とばかりに、何度も何度も、唇を合わせ目に舌を這わせる。

我慢できずに、ほんの少しだけ唇が開いてしまった。そこを見逃さず、春宮の舌が中に入ってくる。

「ふっ…んっ…」

春宮はすぐに羽宮の舌を探し当てた。そこに自分の舌を絡《から》めて、れろれろ、と動かす。

「んっ…んんっ…」

こんなキス、したことない。

こんなに激しくて情熱的で甘くて気持ちいいキス、経験したことがない。

春宮の舌は羽宮の舌全体をあますことなくむさぼると、そのまま上顎に向かった。丸めた舌先でそこをつつかれて、羽宮の体が大きく跳ねる。

「ふぅ…ん…」

羽宮の鼻から、吐息まじりの甘い声が漏れた。それでも、春宮は動きを止めない。

羽宮の唇の中すべてを探るように、舌でいろんなところに侵入してくる。

ごくん、と喉を鳴らして飲んだのは、自分の唾液か、それとも、春宮のなのか。

長い長いキスを終えて、ようやく春宮は羽宮の唇を解放してくれた。キスだけで、羽宮は息も絶え絶えになっている。

「だから、兄弟になんか戻りたくねえ、って何度言えばわかんだよ」

春宮は息ひとつ乱さず、平然としていた。

「いいかげん、あきらめろ。俺は、おまえのこと兄としてよりも、俺の大好きなやらしい体を持つ男として見てる時間のほうが長いんだからな」

春宮の手があごから離れて、また首筋に降りる。

「こんなキスひとつで、そこまで感じるなんて、おまえ、まともなセックスしてきてねえな」

「うるさっ…おまえに関係なっ…」

図星とはいえ、そんなこと言われる筋合いはない。

「まあな」

春宮が肩をすくめた。

「どうせ、これから先、俺との最高のセックスしか思い出さなくなるんだから、どうでもいいか。さーて、と」

春宮がズボンから、小瓶を取り出す。さっき見せていた媚薬とやらを、いつの間にかしまっていたらしい。

「まだまだ楽しませてもらおう」

いやだ。絶対にいや。

キスだけなら、忘れることもできる。でも、これ以上だと、絶対に記憶に残る。

でも、どうやったら春宮を止められるのか、それがわからない。

羽宮の中に絶望が満ちてくる。

…ねえ、だれか助けてよ。

お願いだから。


最初に媚薬を塗られたときは、特に何も感じなかった。胸全体に広げるように春宮の手が動いて、たまに乳首に当たっても、恥ずかしくはあるけれど、それ以上の感情はなかった。

羽宮は乳首が感じないのね。

それは、最初の彼女にも千夏にも言われた。女性が男の乳首をいじるというのは羽宮の頭の中にはなくて、羽宮が乳首で感じないことをそんなに残念がることも、ものすごく想定外だった。

彼女が喜んでくれるなら、乳首が感じればよかったな。

そんなふうに考えたこともあったけど、自分がそうじゃなくてよかった、とつくづく思う。

だって、春宮が何をしても意味がない。

…はずだったのに。

「はぅ…んっ…やぁぁっ…あっ…あぁぁ…」

春宮の手のひらが乳首をかすめるたびに、羽宮の唇からそんな声が漏れる。いつの間にか、乳首は、ぷっくり、とふくらんで、つん、と上を向いている。

「そろそろ効いてきたか」

春宮が満足そうに目を細めた。媚薬を塗り込めるようにマッサージしていた手を、胸から離す。

羽宮がほっとしたのも、つかの間。

「いやぁぁぁぁん…！」

春宮が羽宮の両方の乳首を指でつまみあげた。じんじん、としたしびれが、羽宮の全身に走る。

「まだ、羽宮の乳首、ちっちゃいんだよな。これから時間をかけて、俺の手にしっくりくるぐらい大きくさせないと」

そう言いながら、春宮は羽宮の乳頭を指先でこすった。

「ひぃっ…ぃん…あっ…はぁぁん…」

羽宮の背中が大きくそる。

「かわいい声出すじゃねえか」

春宮が羽宮の乳首を指先で弾《はじ》いた。乳首が上下に揺れる。赤く突起した部分を指で責められて、羽宮の全身に快感が走った。

「あぁぁん…やっ…いやぁ…」

「いやって言っても、あそこが勃《た》ってるぞ」

春宮が視線だけで、羽宮のペニスに誘導する。とっくに足を曲げておくことなんてできなくて、全身をさらけ出している状況だ。

「やっ…見ないでぇ…だめっ…!」

春宮の指摘どおり、羽宮自身は完全に屹立《きつりつ》していた。もしかしたら、キスされていたときから、すでに変化していたのかもしれない。

「見ないでって言っても、目に入ってくるからしょうがねえだろ。羽宮はペニスもピンクでかわいいな。使い込んでないってことか」

春宮が乳首を、ぐるり、と回した。とがりきっているそこは、春宮の指で好きなように動かされてしまう。

「はぁ…ん…やぁっ…あっ…」

どうして、乳首がこんなに感じるんだろう。媚薬って、そんなに強力なんだろうか。

「羽宮のペニス、触りてえな。っていうか、イカせてえ」

春宮は右手を乳首から離した。そのまま羽宮の体を滑らせて、ペニスの手前まで到達する。

「触っていいか？」

「いやっ…」

羽宮は、ぶんぶん、と激しく首を左右に振った。

「やだっ…絶対いやっ…おねがっ…やめてっ…」

「うわー、超かわいい。涙目になってる」

春宮がにやりと笑う。

「俺、羽宮の笑顔はもちろん好きだけど、泣いてる顔も、すんげー好き。もっと泣かせてやりたくなる」

春宮がペニスの手前にある指で、トントン、とリズムを取り始めた。

「どうしようかな～。羽宮が泣いて頼むなら、やめてやりたいところだけど。そうだな。そのかわいい顔で、かわいい声で、ぼくの乳首を舐めてください、って言ったら、許してやってもいい」

「いやっ…そんなのっ…無理っ…」

そんなこと言えるわけがない。

「あっそ。じゃあ、俺は触りたいとこ触るぞ」

春宮の指がカニ歩きのように、トントン、とリズムを取りながら、少しずつペニスの根元に近づく。

乳首は感じないから平気、とタカをくくっていた。

でも、ペニスは知ってる。

どんなふうに感じて、どんなふうに乱れるのか。

自分でもよくわかっている。

「舐めてっ…!」

羽宮は急いでそう告げた。

「ぼくの乳首…舐めてぇ…」

それなら、まだ乳首のほうがマシだ。

「舐めてほしいのか?」

春宮は羽宮を見る。羽宮は、こくん、とうなずいた。

「俺のこの舌で」

春宮は舌を出した。春宮の舌をこんなにじっくり見る機会なんてない。そこはかなり長くて、ちろちろと器用に動く。そのさまは、これから先のことを予感させた。

羽宮の背筋に、ぞくり、と震えが走る。

「羽宮の乳首を舐めてほしいんだな?」

「…うん」

答えると同時に、空いていた乳首に激しく吸いつかれた。ちゅううう、と強く吸い上げられる。

「あぁぁっ…やぁん…」

指とはまたちがった感触に、羽宮の体が大きく跳ねた。舌はやわらかく羽宮の乳首を包み込んでいる。

「うわ…羽宮の乳首だ…ずっと…こうやって舐めたかった…すげーうめー」

春宮が羽宮の乳首を舌先でこすった。

「ひぃ…ん…あっ…はぅ…」

乳輪を舌先でこすりながら、その周辺ごと大きく吸い上げる。反対側の乳首も、おなじように乳輪部分をつままれた。

「いやぁぁっ…だめっ…はぁん…あっ…」

びくん、びくん、と羽宮の体が何度も震える。

「やっぱ、やりたいことはやんなきゃダメだな」

乳首に吸いついたまま、春宮は羽宮を見上げた。そのまま、にやりと笑う。

「…え?」

どういうこと、と問いかける前に、春宮の手が羽宮のペニスを包んだ。

「だめぇぇぇぇっ…!」

乳首だけでも快感が絶え間なく押し寄せてくるのに、そこまで触れられたら、もうどうなるのかわからない。

「頼んだら…触らないって…あっ…あぁぁん…」

「気が変わった」

春宮の指先が、羽宮のペニスの先端に触れる。そのまま、ぐりっ、と指を動かされた。

どくんっ!

そんな音が聞こえた。いや、もしかしたら、音なんかしなかったのかもしれない。だけど、そのぐらい勢いがよかった。

媚薬に熱を高められた体は、たかが先端を刺激されただけで我慢できずに精液をこぼす。

羽宮は、ただ呆然としていた。

そして、初めて思う。

春宮にとって、自分はもう兄弟ではないのだ、と。

これまで目を背《そむ》けていたことを痛感する。

どうにかなるかもしれない。

そう考えていた自分は、どれだけ甘かったのだろう。

どうにもならない。

もう、兄弟なんかじゃない。


「ひっ……ぃ……」

春宮の指は、さっきから執拗《しつよう》に羽宮の蕾《つぼみ》を撫でこすっている。蕾の周りにも春宮の指先にも、たっぷり媚薬がつけられていた。

乳首のときと同様、最初はまったく反応しなかったのに、いまはもう、ぱくぱくと何度も開閉を繰り返している。襞《ひだ》をこすられるたびに、羽宮の体には快感が走った。

それなのに、春宮はそれ以上のことをしようとしない。

「春宮っ……」

羽宮は耐えられなくなって、春宮を呼んだ。羽宮の足の間に入って、羽宮の蕾をじっと見つめていた春宮が顔を上げる。

「なんだ?」

「早くっ…終わらせてっ…」

羽宮とセックスすることが最終目的なのは、もうわかりきっている。だとしたら、こんなふうに長い時間をかけるんじゃなく、さっさと終わらせてほしかった。

「いやだね」

なのに、春宮はにべもなく拒否する。

「羽宮のここはどうなってんだろう、って、十年ぐらい想像してたんだぞ。それがいま目の前にあって、俺の指にあわせて、いやらしく開閉してる。どれだけ見てても飽きない。このまましばらく眺めてるつもりだ」

「おねがっ…」

羽宮は春宮から目を離さない。

「今日で…兄弟じゃなくなるんだから…最後ぐらい、お兄ちゃんとしてのぼくの言うことを聞いて…?」

「ふーん」

春宮は微笑んだ。

「そういう手を使うか。まあ、話だけは聞いてやってもいい。なんだ?」

「だから…そうやって、ぼくの恥ずかしいとこを観察してないで…早く…入れてほしい…」

言葉にするうちに、どんどん屈辱感が増してくる。

どうして、こんなことを頼まなきゃならないんだろう。

入れてほしくないのに。本当なら、このまま解放してほしいのに。

それが無理だから、だったらせめて短い時間で、と願わなければならないなんて。

「入れるって、何を？」

春宮はすでに裸になっていた。夏の間、よく海に行っていたからか、秋になってもまだ黒いままだ。そして、足の中央で屹立したペニスは、羽宮のより一回りは大きい。先端部分が太くて、形としてはかなり立派だ。色も浅黒い。

ピンクで細めの羽宮のを見て、きれいだ、とつぶやいていたのも、よくわかる。春宮のは、使い込んでそう、という表現がぴったりなんじゃないだろうか。

実際はどうかわからないから、断言は避けておく。

「それ…」

羽宮は視線で春宮のペニスを指した。

「羽宮は、俺のペニスが欲しいのか？」

欲しくない。

全然まったく欲しくない。

「まあな。羽宮のここ、ずーっとひくついて、何か入れてほしそうだし。けど、さすがに慣らしもせずに、こんなでかい俺のペニス入れると、大変なことになるから。そうだな。羽宮がいい子で、指でぐちゅぐちゅして？　ってかわいく頼んだら、そうしてあげないこともない」

春宮は羽宮を犯したいだけじゃない。

そのことも、もうわかっている。

ずっと答えを先延ばししていたことも、今日、千夏を連れてきたことも怒っていて、羽宮を辱《はずかし》めたいのだ。

ここで拒否したら、意地悪される時間が長くなるだけ。どれだけ恥ずかしくても、たったひとことで解放される。

羽宮は、ぎゅっと指を握り込んだ。何かをがんばるときの、羽宮の癖だ。

「春宮の指で…ぼくの中を…ぐちゅぐちゅして…？」

言ったあとすぐに、顔が真っ赤に染まった。それを、春宮が満足そうに見ている。

「俺の指で、この中をぐちゅぐちゅしてほしいのか？」

「して…ほしいっ…」

「ホント、いやらしい子だな」

春宮は羽宮の蕾を左右に広げた。粘膜が外気に触れて、ひんやりとする。まず、そこを指でこすられた。

「はぅ…っ…！」

これまで感じたことのないものが襲ってきた。乳首ともペニスともちがう、内部に隠れていた場所に触れられることでしか生まれない感覚。

「うわ、羽宮はここもまた、きれいなピンクだ。あと、やわらかくて、ぬめぬめしてる」

「やだっ…いやぁっ…！」

そんなの言われたくない。いくらなんでも、恥ずかしすぎる。

「おーっ、指が引きずりこまれる。どんだけ、中をいじってほしかったんだ？」

春宮の指が、ようやく、羽宮の中に入ってきた。内壁をこすられて、羽宮の腰が跳ねる。

「あぁん…やっ…あっ…はぅ…」

「羽宮、ひくついてるぞ、この辺全部」

春宮が入り口付近で、ぐるり、と指を回した。羽宮の内壁が、きゅう、と収縮する。そうすることで春宮の指を締めつけて、その指の感触をもっと強く覚えた。

「いやぁっ…あっ…あぁぁっ…」

覚悟をしていたとはいえ、中に何か入れられるのは違和感しかない。気持ちいいよりも、おかしな感じというのが正直なところだ。

それでも、春宮が満足してくれて、この行為が一刻でも早く終わるのなら、いくらでも我慢する。

春宮の指が抜き差しするように動き始めた。ぬちゅ、ぬちゅ、と濡《ぬ》れた音がする。

「ふっ…んっ…あっ…」

自分の指を握り込む力が強くなった。こんなの、やっぱり違和感しかない。

「まあ、気持ちよくねえよな」

春宮は、あっさりと見抜く。

「初めてだし、もともと受け入れる器官じゃねえし。けど、だれでも気持ちよくなれる部分ってのがあるんだよ。前立腺って、名前ぐらいは聞いたことあんだろ」

たしかに、ある。でも、答えたくない。

だから、羽宮は黙っている。

「そこを探してやるから、羽宮はしばらくぼーっとしとけ」

春宮は指を少し奥に入れた。でも、まだ指半分ぐらいだろうか。

前立腺がどこにあるのか、羽宮は知らない。存在として知ってるだけだ。そもそも、本当にそこが全員感じるということすら、怪しいと思っている。

春宮は入り口付近の前側をゆっくり指でまさぐり出した。羽宮の反応をたしかめながら少しずつずらしていく。

ある程度の範囲を横に動かしたら、今度は指を少し奥に進めた。どうやら、その辺りにあるのは確定のようだ。

でも、何も感じない。春宮が場所をまちがえて覚えてるんじゃないか、とさえ思う。

だって、内壁を押される違和感しかないんだもの。

これなら大丈夫かも。

いつだって、最悪な瞬間はそんなときに訪れる。

安心したら負けだよ。

そうやって、羽宮をあざ笑うかのように。

ぐりっ。

そんなに強くいじっているわけではなかったと思う。だけど、その奥にあるものをこすられたせいで、とんでもなく強烈な快感が襲ってきた。

「いやぁぁぁぁっ…！」

萎《な》えていた羽宮のペニスが、一気に勃ちあがった。冷めていた体の熱も、急速に戻ってくる。

「ここだな」

春宮が前立腺を指先で強く押した。それだけで、頭のてっぺんからつま先まで、これまでで一番強い快感が駆け抜ける。

「はぁぁぁ…んっ…あっ…あぁぁっ…いやぁっ…だめっ…あぁぁん…！」

羽宮の内壁が激しくひくつき始めた。入り口も、ぱくぱく、と開閉している。

「うわ、すっげえ気持ちいい」

春宮が感嘆したようにつぶやいた。

「なんだ、この勢い。やべえ、指だけじゃもったいねえ」

春宮はペニスを入り口に当てる。

「なあ、羽宮」

羽宮は、はあはあ、と荒い息を漏らした。前立腺をいじられただけで、まるですごい運動をしたかのように体が疲れ切っている。

「さっきみたいに言え。そしたら、終わらせてやるから」

「さっき…みたい…？」

「そのかわいい唇で、その甘い声で、そのかわいい顔で、ペニスを入れて、って言え」

それで終わるんだよね…？

羽宮は自分に内心で問いかけた。

だから、いくら望んでなくても、言ったほうがいいんだよね？

羽宮はいままでにないぐらい強く、両手の指を握り込む。

「春宮の…ペニス…ぼくの中に入れてぇ…」

「うわ、やっべえ、かわいすぎる…」

春宮はにこっと笑うと、指を引き抜いた。そのままペニスを入り口に当てて、一気に奥に突き入れる。

「あぁぁぁぁっ…！」

いくら前立腺をなぶられてひくついているとはいえ、その大きさのものが全部入ってきたらきつい。羽宮はぎゅっと唇を噛んで、痛みに耐えた。

「あ…あぁ…やべ…中…すんげーひくついてる…羽宮が…俺に絡みついてる…」

春宮はひとり言のように、ぶつぶつとつぶやいている。

「俺、この初めての感触、絶対に忘れねぇ」

うん、ぼくも忘れないよ。

羽宮は内心でつぶやいた。

地下に連れてこられて、何度も、もう兄弟じゃないんだな、と思ったけど。

でも、いま、本当の意味でわかった。

これまでは、それでもまだ戻れるかも、とどこかで願っていたんだな、ということを。

春宮のペニスを入れられて。

こうやって、実際に犯されて。

もう、兄弟ではなくなったんだ、と、こんなにこんなに悲しく思っている。

気を抜いたら涙がこぼれそうで、羽宮は握りしめた指と噛みしめた唇に、ますます力を込めた。

春宮に泣いてるところなんて見せたくない。

泣いてる姿も好きだ。

そんなことを言うやつに、絶対に弱いところなんか見せない。

「羽宮…すっげー好き…」

春宮はそうささやくと、羽宮の腰を持って動き始めた。ぐちゅ、ぐちゅ、と春宮のペニスが出入りするたび、濡れた音がする。

春宮はしばらく腰を動かすと、そのまま、羽宮の中に射精した。途中から、快感もいろんな感覚もなくなった羽宮は、そんな春宮を胸が痛む思いで見下ろす。

ねえ、それが春宮の欲しかったもの？　ぼくの体なんて、どうでもいいものが手に入って嬉しい？

ぼくは悲しいよ。

大好きな弟を失《な》くした。

その人の二十歳の誕生日に。大人になった日に。

ぼくの前からいなくなった。

それが、本当に悲しい。

4

「あっ…あぁぁん…」

羽宮はぎゅっとシーツをつかんだ。うつぶせになって、高くあげさせられた双丘《そうきゅう》の間を、春宮の指が上下している。

蕾に指が当たるたびに、羽宮の体が、びくん、と跳ねた。

「羽宮のここ、きれいに色づくようになってきたな」

春宮は満足そうに笑う。羽宮は、カッ、と頬を染めた。

恥ずかしがれば、春宮が喜ぶだけ。

それはわかっていても、どうしても反応してしまう。

春宮が入り口を指で、ぐりっ、とこすった。

「はぅ…っ…」

羽宮のそこが、ひくん、と震えながら開く。

「中も赤く熟《う》れてる。最初は俺が慌てすぎて、せっかく媚薬を使ったのに羽宮を気持ちよくさせてやれなかったけど、いまは媚薬を使わなくても、この反応だもんな」

羽宮は、ぎゅっと唇を噛んだ。

反論しない。

それがもっとも有効な手段だと、ようやくわかってきたからだ。

「やっぱり、ゆっくり慣らすのは大事だな」

春宮は蕾を左右に開くと、めくれた粘膜を指でそっとなぞる。

「ひっ…ぃん…」

羽宮の腰が前後に揺れ始めた。そうやってやさしく撫でられるのに弱い。春宮も、そのことをよくわかっている。

春宮は粘膜を、ぐるり、となぞりながら、その指を中に入れてきた。すでにひくついている羽宮の内壁は、その指を難なく受け入れる。

「やぁっ…あっ…はぁん…」

春宮はすぐに前立腺を探し当てると、そこを指でこすった。

「いやぁぁぁっ…ん！」

そうされるとわかっていたのに。準備もしていたのに。

それでも耐えきれずに、羽宮は大きくあえいでしまう。

どうして、そこがこんなに快感をもたらすのか、いくら経験しても理解できない。

ほんのちょっとした場所なのに。普段は存在することすら意識していないのに。

こうやって春宮にいじられると、羽宮のもっとも弱い部分に変化する。

「羽宮の中が、きゅう、と俺の指に絡みついてる。そんなに欲しがってくれて嬉しいよ」

ちがう、そうじゃない。こんなの、ただの生理的な反応だ。

春宮を欲しがってなんかない。

さっさと終わらせてほしい。

願っているのは、ただそれだけ。

春宮の指が、もう一本入ってきた。前立腺じゃないところを、その指でまさぐっていく。内壁をこすられるたびに、びくっ、と羽宮の体が跳ねた。

「やだっ…あっ…いやぁ…」

くちゅ、くちゅ、と濡れた音が大きくなってきた。羽宮はそれを聞きたくなくて、耳をふさぎたくなる。

でも、そうやっていやがるポイントを教えると、春宮がつぎからわざとそこを責めてくるので、平気なふりをするしかない。

春宮の指が前立腺から離れた。最初のころは執拗にいじられていたそこも、いまはほんのちょっとの愛撫《あいぶ》で羽宮が落ちることがわかっているので、そこまで執着しない。

そして、悔しいことに、羽宮は前立腺だけじゃなく、内部全体が感じるようになってしまっていた。

春宮は二本の指をあわせると、そのまま根元まで突き入れてくる。

「だめぇえっ…！　あっ…あぁっ…」

「だめとか言って、さっきより中がとろけてんぞ」

春宮は指を開いたり閉じたりし始めた。内壁がそれにあわせて、伸び縮みする。

「ふっ…んっ…やっ…」

「毎日、こんなかわいい羽宮のあえぎが聞けるなんて、ホント、天国だな」

春宮は指を引き抜いた。ほっとする間もなく、すぐにペニスが入り口に当てられる。

でも、中には入れてこない。入り口をゆるゆるとペニスの先端でこすっている。

「入れたら終わっちゃうもんな～」

春宮は残念そうにつぶやいた。

「俺としては、朝までやってもいいんだけどさ。羽宮が睡眠不足で倒れたらかわいそうだから、手加減してやってんだぞ」

こうやって恩に着せられても、それがとんでもなく理不尽な言い草で言い返してやりたくても、羽宮はじっと我慢するしかない。

だって、爆弾は春宮の手の中にある。それを爆発させたくないなら、春宮に従うだけだ。

「どうする？　もうちょっと時間かけて、じっくり俺のペニスを味わわせてやろうか？」

「入れてっ…！」

もう言い慣れてしまった言葉を、羽宮は屈辱に耐えながら口にした。

「おねがっ…焦《じ》らさないでっ…！」

「本気じゃないってわかってても、羽宮の目がうるうるしてると、かわいそうに思えるんだよな。俺も、甘いな」

はあ、とわざとらしくため息をついて、春宮は先端部分を中に押し入れる。

「はぁぁぁっ…ん…」

羽宮は思い切りのけぞった。何度入れられても、最初のこの瞬間はいつも新鮮に驚く。こんなに大きいんだ。こんなに熱いんだ。こんなに、中がいっぱいになるんだ。

「羽宮の中、どんどん、やわらかくなってきてるぞ」

春宮は、ぬぷっ、ぬぷっ、と音をさせながら、入り口付近で抜き差しをした。先端から太い部分までが、何度も入り口の襞をこする。

「あっ…いやぁん…ふぅ…」

「つまり、どんどん俺のものになってきてる、ってことだな」

ちがう、そうじゃない。

春宮のものなんかにならない。

だって、兄弟なんだもの。

昔のようには戻れなくても、仲のいい家族のふりはできるはずだ。

そのためには、こんなことやめさせなきゃならないのに。

「全部、俺で埋めてやるよ」

春宮は羽宮の腰を両手で持つと、そのまま一気に奥まで突き入れた。

「あぁぁぁぁっ…！」

羽宮の内壁が太いものでこすられて、すごい快感を送り込んでくる。

ぼとぼとぼとっ。

羽宮のペニスから、精液がこぼれた。

触れられなくても、中に入れられるだけでイクようになってしまったのは、いつからだろう。

どれだけ短期間で、自分の体は変えられてしまったのか。

考えるのが怖くて、羽宮は現実から目をそらす。

「うわっ…すげーひくついてる…」

イッた反動で内壁が蠕動《ぜんどう》するのを、春宮は楽しんでいた。これも、少し前まではその刺激で春宮もイッてくれたのに。慣れてきたせいか、耐えられてしまっている。

春宮が一度イクまで。

いまのところ、条件はそれだけだ。だから、自身に触れられなくてもイカされる屈辱感があっても、それと引き換えに春宮をイカせることができるから、まだいい、と思っていた。

これは相討ちなのだ、と。

でも、こうやって春宮が耐えるようになってしまったら、時間が長くなる。早く終わらせる

ために、羽宮は春宮の新たな要望を聞かなければならなくなるかもしれない。

いまのところは、何も言ってこないけど。

いつまでも、このままでいるわけがない。

「決算が終わるまでは、羽宮の体を第一に考えてやるよ」

まるで、羽宮の頭の中を見透かしたかのような発言に、羽宮は、ぶるり、と震える。

決算が終わったら、ぼくはいったい、何をされるのだろう。

「いまは、毎日、羽宮とセックスできるだけで十分だしな」

春宮はペニスを半分引き抜いた。ずるり、と内壁を引っ張られる感触に、ぞわぞわっ、と快感が走る。

「あっ…あぁぁっ…」

そのまま、また奥まで貫いた。届いた最奥《さいおう》を、ペニスの先端で、ドン、ドン、と突いてくる。

羽宮の体が、その激しさで前後に揺れ出した。

「ひっ…ぃん…やっ…あっ…あっ…」

いったんイッて、蠕動が終わるまで待たれて、少し体の熱が冷めたのに、またこうやってあおられる。羽宮の内壁が、びくん、びくん、とさっきとおなじようにうごめき始めた。

「やだっ…あっ…やぁん…」

春宮の腰の動きが、大きく速くなる。

入り口付近までペニスを抜かれて、そのまま勢いよく埋め込まれた。

「あぁぁぁぁっ……！」

羽宮は二度目の射精をする。さすがに今度はこらえきれずに、春宮も放った。羽宮の中が温かいもので満たされる。

「あー、気持ちよかった」

春宮はペニスを抜いて、ごろん、とベッドに横たわった。そのまま、笑顔で羽宮を見つめる。

「羽宮、大好き」

どうして、そんなことを言えるのだろう。

脅《おど》して、体だけの関係をつづけて、兄弟という羽宮が大事にしていたものを全部こわして。

なのに、まるで昔から何も変わっていないかのような無邪気な笑顔で。

お兄ちゃん、大好き。

幼いころ、そう言っていたときとおなじ表情で。

いまも、曇りなく、そんな言葉を告げられるのだろう。

ぼくも大好きだよ。

できるなら、そう言ってやりたくなる。

だって、どんなことがあっても弟だから。

あの日、失くしたはずだった。

春宮は別人になって、自分の好きだったはずの弟はいなくなったのだ、と絶望した。

なのに、あれから時間がたって、こうやって笑顔を見せられると、何かのまちがいだったんじゃあ、と思う。

自分たちの間には何も起こっていなくて、春宮はいまもかわいい弟で、純粋に好きでいてくれるのだ、と。

そんな誤解をしてしまいそうになる。

ちがうのに。

春宮は、そんな普通の関係を望んでいないのに。

それは、あの日からずっと知っているのに。

それでも、羽宮は狂おしいほどに、ただの弟である春宮を欲している。

だから、こんな状況になっているのだ。

もしかしたら、と考えてしまうから。

もしかして、自分とのセックスに飽きたら、かわいい弟に戻ってくれるんじゃないか、と願ってしまう。

でも、それだけで、春宮とのセックスを受け入れているわけじゃない。

頭の中ではわかっている。

元に戻るのは無理だ、と。

ここまでする春宮が、羽宮を手放すわけがない、と。

本当に、自分は往生際が悪い。

でも、弟としての春宮をあきらめたくない。


あの日、鼻歌を歌いながら手錠を外す春宮に、羽宮は告げた。

「…忘れるから」

悲しくて、悔しくて、絶望していて。

それでも、やっぱり、春宮を憎むことはできなかった。

春宮の精液を中に出された瞬間は、すべてが終わった、と冷めた気持ちで思ったけど。

やっぱり、そんなふうにはいかない。

だって、自分たちには兄弟として歩んできた二十年間がある。

かわいい弟だと、ずっと思ってきた。その気持ちは、すぐに消えたりなんかしない。

春宮は手錠を両方とも外すと、羽宮にガウンをかけてくれた。

「シャワー浴びて、寝れば？　明日からも忙しいんだろ」

「忘れよう、おたがい」

羽宮はまっすぐ前を向いたまま、そうつぶやく。さすがに、春宮のほうを見ることはできない。

「一回だけのあやまちってことにすればいいよ」

二度目がなければ、時間はかかるだろうけど、どうにか忘れられるかもしれない。これからは、気絶させられて地下室に連れ込まれないように、二人きりにならなければいい。どうしても二人だけになってしまったときは、絶対に手の届かない距離をとろう。

きっと、羽宮も悪かったのだ。

春宮の本気をあなどっていた。ここまでするなんて考えてもなかった。

千夏なんか連れてきて、春宮の怒りをあおった。

兄弟だから、春宮の気持ちに応えるのは無理なんだよ。

そのことをきちんと理解してもらうことをあきらめて、ぼくも好きだよ、なんてごまかしていた。

だから、こうなったのは、春宮だけのせいじゃない。

「ね？　そうしよ」

「羽宮って、バカなんだな」

とんでもないセリフを、それでも、なぜか、春宮は嬉しそうに言う。

「なんで、こんな最高の体験を忘れなきゃいけねえんだよ。あと、あやまちとかじゃねえから。俺、全部、計画してたから」

だろうね。それはわかってる。

地下室のベッドも、手錠も、媚薬も、今日のために準備していたのだから。

でも、それを認めてしまうと、どうにかふんばろうとがんばっている自分の気持ちが切れてしまう気がして、羽宮は口をつぐんだ。

「あと、おまえの口ぶりだと、今日で終わりみたいに思ってるようだが、ちげーよ」

一瞬、理解するのが遅れた。頭の中で春宮の言葉を反芻して、その内容を噛みしめてから、羽宮は顔をしかめて春宮に問いかける。

「どういうこと？」

「これからも、俺は羽宮とセックスするってことだ」

「するわけないじゃないっ！」

羽宮はわめいた。冷静に話を進めようとしていたのに、台無しだ。

でも、そんなこと言われたら、頭に血が昇るのも当たり前。

忘れる、と言った。もとに戻るためにがんばろう、と自分に言い聞かせた。

それを、春宮は台無しにしようとしている。

そんなの許せない。

「今日で終わりだよっ！　ぼく、もう絶対に隙《すき》を見せないから！」

「隙とかの問題じゃねえんだよな〜」

春宮は、にやっと笑った。

「あのさ、無理やりやったら、今後、羽宮が俺を警戒することを予想してなかったとでも思うか？」

自信たっぷりな春宮の様子に、羽宮はいやな予感を覚える。

こんな質問したくない。きっと、とんでもない答えが返ってくる。

でも、聞かずにはいられない。

「…どういう意味？」

春宮は目を細めた。ただそれだけで、どうして、こんなに意地悪そうな表情になるのだろう。

怖い。

つぎの言葉を耳にしたくない。

「こういう意味」

春宮は具体的な内容を口にしなかった。そのかわり、いつの間に持っていたのか、手のひらから小さなリモコンを取り出した。

春宮は羽宮をじっと見つめながら、そのボタンのうち、ひとつを押す。

『あっ…やっ…あぁぁぁっ…！』

スピーカーから聞こえてきたのは、羽宮のあえぎ声。バンドの練習をやるために作った部屋だけあって、音はとてもクリアで、なおかつ、大きい。

「これは声だけだけど、当然、映像も撮ってある。その映像を家族団らんの場で流されてもいいなら、好きにすれば？」

…ああ、もうダメなんだ。

羽宮は目を閉じた。涙がこぼれそうなのを、必死でこらえる。

春宮は、本当に兄弟を捨てたんだ。

羽宮がとても大事にしていた兄弟という絆《きずな》を、どうでもいい、とばかりに引きちぎったんだ。

そうじゃなければ、こんなことできない。

少しでも後悔しているなら、羽宮を無理やりここに連れてきて、手錠でつないで、媚薬を使ってまで犯した事実を、証拠として残しておきたいわけがない。

「それがいやなら、俺に毎日抱かせろ」

「…え？」

羽宮は目をぱちぱちとまたたかせた。

毎日？　何を言ってるの、この人。

かわいい弟だったはずの春宮は、いったい、どこに行ってしまったんだろう。まるで知らない人みたいに思える。

「おまえが拒否したら、その翌朝、みんながダイニングルームにそろったときに、この映像を流すから」

いまも、小さくだけれど、羽宮の声が聞こえている。甲高いあえぎがずっとつづく音声だけでも、だれにも聞かれたくないのに、映像までついていたら最悪だ。

「母さんはさ、今日、怒りながらも、まあ、どこか、ほっとしている部分はあるんだと思うわけ。無事に二人の子供を二十歳まで育てて、羽宮は彼女まで連れてきて、春宮は心配しなくてももてるから大丈夫って勝手に考えて、いろいろあったけどいい一日だったわ、なんて思いながら、安眠してるんだよ、きっと」

それは…そうかもしれない。羽宮が千夏を紹介するのが、家族水入らずの春宮の誕生日パーティーじゃなければ、喜んでくれていただろう。

千夏と気が合わなそう、とか、そもそも家柄が、とか、そういうことはあとから付随するもので、こんな年齢になっても一度も彼女を連れてこなかった羽宮のことを、内心、心配していたのはたしかだ。

春宮は正式に紹介することはなくても、彼女がいることは公言していたし、彼女とデートしてくる、だの、彼女と旅行行ってくる、だの、きちんと報告していたから、また別の心配はしていたとしても、もてなくて彼女ができない、なんて不安にならなくてもよかった。

だから、春宮の言うとおり、母親は、気に入りはしないけど彼女がいるという事実には、ほっとしたわ、と考えているにちがいない。

「なのに、朝起きたら、俺とおまえのセックスシーンを見せられるわけだ。それも、俺が無理やり、羽宮を手錠につないで、恍惚《こうこつ》とした顔で犯してるところを、な。母さん、どう思うだろうな」

　ぞわり。

　羽宮の背筋が震えた。

　春宮は、どうやって脅せば羽宮が言うことを聞くのか、よくわかっている。そして、その武器を使うことをためらわない。

　それが怖い。

　母親にばれたらどうしよう、ということよりも。

　春宮がどこまでやるのか予測できない。

　そのことが、本当に怖い。

「俺を怒るかな。俺に失望するかな。羽宮に、なんで逃げなかったの！　ってヒステリックにどなり散らすかな」

　どれもありそうだ。

　でも、きっと最後には。

「わたしの育て方が悪かったのね、って、ひどく落ち込むだろうな。せっかく育ててあげたと思ったのに、こんな問題が起きて。男同士ってだけでも理解できないのに、血のつながった兄弟でどうして、って。わたしがどこかで育て方をまちがったせいだわ。わたしが悪いの。わたしが、わたしが、わたしが…」

「黙れっ！」

我慢できなくなって、羽宮は叫ぶ。

そんなふうに母親を追いつめていると自覚していても、まったく平気なことが信じられない。

羽宮なんて、胸がつぶれそうなぐらい悲しい。

「命令すれば、俺が言うことを聞くとでも？」

春宮は、ふん、と鼻で笑った。

「羽宮はさ、結局、俺を甘く見てんだよ」

「…何を言ってんの？」

甘くなんて見ていない。ちゃんと考えている。

「ずっとごまかしつづければ、春宮はそのうちあきらめる。兄弟だから、っていうのを免罪符にできる。春宮もちゃんとわかってくれるはずだ。春宮が、ぼくのことを本当に好きなら、ぼくを傷つけることなんかしない。ぼくが望めば、きっと最後は折れてくれる。家族をバラバラにするような行為をするわけがない。どうせ、そんなふうに能天気に考えてたんだろ」

図星をつかれて、羽宮は、ぐっ、と唇を噛んだ。

でも、それは甘いとか甘くない、とかじゃなくて。

兄弟としての春宮を信じていたからだ。

「バッカじゃねえの」

　春宮は肩をすくめる。

「俺は何度も言ったはずだ。羽宮がこの世で一番好き、ってな。つまり、羽宮さえ手に入れば、あとのものは何もいらねえんだよ」

　羽宮は、ガン、と何かで頭を殴られたかのような衝撃を受けた。

　ほかの全部と引き換えてまで、羽宮が欲しい。

　そこまで強い想いだなんて知らなかった。

　いまなら、たしかに甘かった、とうなずける。

　自分は、春宮の本気を見誤っていた。

「まあ、いますぐ俺のものになれ、っていうのが無理なのはわかってる。だからこそ、俺はゆっくりじっくり、外堀を埋めていくんだ。この十年で、何も計画してなかったと思うなら、羽宮はただのバカだ」

　ぞわぞわぞわ。

　羽宮の全身に寒気が走る。

　羽宮が、どうすれば春宮にあきらめさせられるかな～、なんて、のんきに考えていたときに、春宮は着々といろいろ準備していたのだ。

　そのことに戦慄《せんりつ》を覚える。

「これは、その第一歩でしかねえんだよ」

春宮はにやりと笑った。

「まあ、第一歩で終わってくれりゃ、一番いいけどな。この映像見せりゃ、母さんは俺らと縁を切るだろう。内心でどう思っていても、自分の育て方が悪かったんだ、って後悔していても、そんな気持ちをみじんも見せずに、出て行きなさい、って冷静に言うだろう。俺らがいなくなったら、悲しいよりもせいせいするんじゃね？　問題がなくなった、って。そういう現実、よーく見てきただろ」

家の名誉を損なうようなことをした人たちは、全員、知らないうちにいなくなっていた。お正月の集まりとかで見なくなったな、と思ったら、その人はかならず問題を起こしていて、その後、だれの口からも名前が出てこない。子供だった羽宮が空気を読めずに、だれだれさん、どうしたの？　と問いかけても、みんな、聞こえないふりをして、ちがう話題に移った。

存在を消される。

それは、菅ヶ原家クラスだと当たり前に行われていることだ。

醜聞が出て、家に迷惑をかけるぐらいなら、いなくなってもらう。

どこだって、そうやって、とかげのしっぽ切りみたいなことをしている。

羽宮と春宮も、そうなるだけだろう。本家の跡取りでもないから、特に問題なさそうだ。

「無一文で追い出されたら、羽宮は途方に暮れる。会社も当然クビになるし、その日の生活から困るわけだ。俺以外のだれにも頼れない」

「ぼくにだって、助けてくれる友達ぐらいいるよっ！」

いくらこのところずっと会ってないといっても、大学のゼミ仲間なら、窮地に陥った羽宮を助けてくれる。住むところや仕事が見つかるまで、ちょっとおいてもらえばいい。そもそも、春宮なんか頼りになると思えない。

「友達が、ずーっとめんどう見てくれんのか？　無理だ」

「ずっとじゃないよ」

それは、さすがに無理だ。羽宮にだって、そのぐらいわかる。

「たしかに、春宮の言うとおり、ぼくは会社をクビになるだろうね。母さんが見つけてきた仕事なんだから。でも、別の仕事を探せばいい。見つかるまでは、コンビニでバイトでもすれば生活費は稼げるだろうし。お金が貯まったら、友達の家を出て、安いアパートを借りるよ」

バイトしたことないから、断言はできないけれど。でも、バイトで暮らしている人がいるんだから、羽宮にだってできるはず。

「羽宮は、ホント、考えが甘いな」

春宮は憐《あわ》れむようなまなざしで羽宮を見た。羽宮はむっとする。

「何がだよっ！」

「まず、家を借りるのに必要な金額がまったくわかってない。安いアパートでも、敷金やら礼金やらが発生するし、運よく、そういったお金が必要なくても、暮らすためには電化製品や家具がいるんだよ。友達んところに暮らしといて、まったく生活費を渡さないってわけにはいかないし、羽宮が引っ越し資金を貯めるには何ヶ月もかかる。さすがに、それだけ長期間、居《い》候《そうろう》されたら、いくら親しい友達でもいやになるに決まってねえ？」

　羽宮は、うっ、とつまった。

　そうか、一人で暮らすためには、家だけじゃなくてほかの道具もいるのか。それをまったく考えてなかった。

「それに、おまえが家事ができるとも思えねえ。炊事、掃除、洗濯、すべて無理だろ」

　それは…反論できない。家に使用人がいて、すべてをやってもらうのが当たり前の環境で育ったから、家事なんてできるわけがない。全自動洗濯機が目の前にあっても洗濯はできないだろう。

「覚えるよっ！」

　だけど、春宮に負けたくない。

「人間、追いつめられれば、なんでもできるんだから！　ぼくは、ちゃんと引っ越し資金を貯めて…あ、そうだ！」

　春宮は、ポン、と手をたたく。

「ぼく、貯めてた給料があるよ！　だから、すぐに引っ越せる」

給料はきちんと貯金してある。生活費を家に入れるなんてこともしてないし、スーツなどの衣服類は親持ちだし、友達との飲み会や千夏とのデート代に使うだけだから、かなりの金額が残っている。残高をたしかめたことがないが、明日にでも確認しておこう。

「十万ぐらいしか残ってねえぞ」

「…は？」

羽宮は、ぽかん、と口を開ける。

「十万？　なんで？」

一年半も勤めてきて、残額が十万なわけがない。給料は手取りで二十五万を超えている…ような気がする。給料明細なんてちゃんと見てないから、そこもはっきりしない。

お金に対して無頓着なことを、こういうときに思い知らされるなんて。

「俺がちょこちょこ金を移動してたから。だから、言っただろ。外堀を埋める、って。おまえが自由に何かできるように、俺が金なんか残すとでも思ったか」

そこまでするんだ。

また恐怖にとらわれそうになって、羽宮はどうにか自分を奮い立たせる。

負けちゃだめ。

抵抗しなきゃ。

「返して」

羽宮は春宮をにらんだ。

「それ、ぼくのお金でしょ。泥棒じゃない。返してよ」

「いやだね。返せって言われて、はいどうぞ、と素直に渡すぐらいなら、最初から盗むわけねえだろ」

春宮はまったく悪びれた様子がない。返すつもりがさらさらないことが、その態度からよくわかる。

だったら、別のところから攻めよう。

「春宮だって、お金ないいじゃん。ぼくから盗んだ給料があるけど、あれだけじゃ、長く暮らせるわけないいし。大学だってつづけられなくなるから、学歴は大学中退…いや、高卒になるのかな。そうすると、ロクなところで働けなくて苦労するよ。春宮こそ、追い出されたらどうすんのさ」

そうだ。春宮はまだ学生だった。当然、親が学費を出していた大学には通えなくなる。最終学歴が高卒となると、それだけで職業の選択はぐっと狭まる。羽宮が勤めているような大手には、絶対に受からない。

それが現実なのだ。

「だから、おまえはバカだって言ってんの」

春宮はいったんベッドから降りて、部屋の隅にあるロッカーに向かった。どうして、そこにロッカーがあるのかよくわからないけど、バンドの練習をしているときには必要だったのだろう。

そのうちのひとつを開けて、中から小さなカバンを取りだした。それを持って、またベッドに戻ってくる。

「中身、見てみろ」

見たくない。きっと、羽宮が絶望するようなものが入っている。

なのに、羽宮の手はカバンに伸びた。カバンを開けて、中身を出す。ベッドにいくつかの物が落ちた。

まずは大量の十ドル札と五ドル札と一ドル札。ざっと見で、五百ドルぐらいはありそうだ。海外に行くときには、このぐらいの小額紙幣が一番必要なことを、よくわかっている。百ドル札だとかさばらないけど、まったく役に立たない。百ドルお断り、と書いてあるところもたくさんある。偽札だった場合に被害が大きいからだろう。

そして、パスポートが二冊。中を開いたら、羽宮の写真と知らない名前。春宮の写真と、こっちもまた、まったく別の名前。いわゆる偽造パスポートだ。

あと、春宮の偽名でのクレジットカード。ブラックやプラチナじゃないのは目立たないためか。

最後に、折りたたまれた一枚の紙。それを広げると、口座名と預金残高が記されていた。どうやら、ネットバンキングのページを印刷したようだ。金額は一千万円。たしかに、よく貯めたな、と感心はする。だが、春宮が準備してあるものから推測すると、二人で海外逃亡しようとしているのだろうし、そのためには金額が少なすぎる。すぐになくなって、海外で路頭に迷うことになりそうだ。

「このお金じゃ、やってけないよ」

羽宮はその紙を、春宮につきつけた。

「もし万が一、どうしようもないほど追いつめられて、ぼくが春宮と海外に逃げることを選んだとしても、こんなお金じゃ半年も暮らせない」

羽宮はじっと春宮を見る。

「だって、ぼくはぜいたくしたいからね」

「そんだけの金を半年で使いきれるわけねえだろ。あと、それ、俺の資金の一部だから」

「だって、一千万円でしょ？　半年あったら使えるじゃない」

春宮だって、家事はできない。だとすると、部屋を借りて使用人を雇うか、もしくは、ホテルに泊まるかしか選択肢がない。どっちも、かなりのお金がかかる。ホテルだったら、絶対に五つ星にしてやるし、部屋を借りるとしても広くて高級なところを選んでやる。そんなことをしていたら、あっという間に一千万なんてなくなってしまうのだ。

「一千万ドルだぞ。それ、ケイマン諸島の口座だから」

「一千万ドル⁉」

日本円だと十億ちょっと。羽宮は目を見開く。

「なんで…そんなお金が…」

「あのな、何回も説明させんな。今日のために、俺はいろいろやってきたんだよ。株もやったし、投資もしたし、ほかにも、ちゃんと正規の方法で金を増やしてきた。おまえみたいに、二十歳までにあきらめてくんないかな、なんて神頼みしながら、のんきに生きてきたやつとは気合いがちがうんだ」

春宮の言葉に、羽宮はショックを受けた。

本当に本気なんだ。

羽宮が逆らったら、さっきの行為を親に見せて、そのまま羽宮を連れて海外へ逃亡するつもりなんだ。

これだけのお金があれば、別に働かなくてもいい。きっと、逃亡先も確保してある。

何度も、春宮は本気だ、と思ってきたが、それでも甘かった。ここまですべてを計画してるなんて、予想もしていなかった。

おまえは甘いな。

その春宮の言葉の意味を思い知る。

さーっ、と血の気が引くのがわかった。

何も考えずに十年、生きてきた羽宮。

すべてを考えて、十年準備をしてきた春宮。

羽宮に勝ち目なんてあるのだろうか。

春宮から逃げられるだろうか。

「さあ、どうする？」

春宮は、にっこり笑って羽宮を見た。その表情はとても無邪気で、子供のころを思い出させる。

まるで脅迫しているとは思えない。

「明日、この映像を見せるか？」

答えなんて決まっていた。

春宮の誕生日の翌日、両親を絶望にたたき落としたくない。

だから、いまは首を横に振る。

でも、だからといって、春宮に屈したわけじゃない。

完璧に見える計画だって、きっと穴がある。

それを見つけるまで耐えればいい。

「あ、そうそう、千夏さんと別れたんだってな」

　ベッドでぼんやりとしていたら、春宮がそう言い出した。羽宮はぎょっとする。

「なっ……！」

「なんで知ってるのかって？　もちろん、羽宮の会社の近くで待ってて、偶然を装って会ったんだよ」

「いつ⁉」

「昨日」

　千夏は、まったくそんなこと言ってなかった。いくら別れたあとは連絡しない主義とはいっても、弟くんに会ったよ、ぐらい伝えてくれてもいいだろうに。

　あと、勝手に別れたとか言ってほしくなかった。

　羽宮には千夏がいる。

　そのことは、ほんの少しはブレーキになってくれるんじゃないか、と期待していた。

　それがダメになって、また絶望が大きくなる。

　ぼくは、本当に春宮から逃げられるのだろうか。

「どうして会ったりしたの」

　春宮相手に激昂《げっこう》しても、しょうがない。この何日間かで学んだことは、怒ったたって泣いたって、春宮は自分のしたいようにするんだから、できるだけ冷静に話し合ったほうがいい、ということだ。

怒れば怒るほど、感情は摩耗する。泣けば泣くほど、体力は奪われる。

体力も精神力も残しておかないと、春宮に対抗できない。

「いや、さすがにさ、彼女だったら、急に羽宮がいなくなったら騒ぐかと思って。そんなめんどうが起きる前に、俺にほれさせて、そのまま捨ててやろう、と考えたんだけど、羽宮にまったく未練なさそうだったし、おなじ会社だけどあの日から会ってもない、って聞いて、これなら大丈夫だな、って」

ぞわぞわぞわぞわ。

羽宮の全身が粟立《あわだ》った。

外堀を埋める。

その意味を、こうやって何度も思い知らされる。

「羽宮、あの女のこと好きじゃなかっただろ」

春宮が目を細めた。

「…好きだったよ」

答える声が小さくなる。

全部、お見通し。

そう言いたいかのような春宮の口調が恐ろしい。そして、けっして、その推測がまちがってないことも。

「ウソだね。うちに連れてきたときからわかってた。羽宮がもし、あの女を好きなら、俺とずっとしゃべらせたりしない。いくら、羽宮がバカでも、俺が羽宮を一人占めしたいあまり、あの女を奪うだろうことを予想しないわけがないからな」

指摘されて、はっと気づいた。

たしかに、本気の相手なら家に連れてこなかった。それは、きちんと段階を踏んで、とかの問題じゃなくて、春宮が邪魔することがわかっているからだ。

そして、たぶん、春宮が本気で奪おうとしたら、だれもが春宮になびくだろう。

やさしくて、かっこよくて、金持ちで、気さく。

男として、羽宮は春宮に完全に負けている。

あのとき、なんで怒ってないんだろう、と不思議だったけど、すでに、春宮はいろいろ見抜いていただけのことだ。

だったら、機嫌も悪くなりようがない。

「だから、あの日は特に何もしなかった。けど、計画が進めば邪魔になるから、いつかは排除しないとな、とは思ってたんだよ。なのに、なーんにもしなくてもコトはすべて終わっていて、羽宮を探そうとするやつはいなくなってた。これで、俺はなんでもできる」

なんでも、は、本当に、なんでも、なのだ。

それはもう、痛いほど理解している。

春宮は、羽宮を手に入れるためなら、どんなことでもするつもりだ。

「けど、約束どおり、羽宮が俺の言うことを聞いて、こうやって毎晩抱かれてる間は動かないでおいてやるよ。あと二日で九月が終わるし、羽宮の忙しさも普通になる。休日出勤してたから、代休ももらえるだろうな。それ、十月半ばにとって、二人で温泉に行こうぜ」

「…は？」

何を言ってるの？　なんで、温泉なんか行かなきゃならないの？

「もしくは、俺と海外逃亡か。好きなほうを選べ」

こうやって、羽宮の自由はどんどんなくなるのだろうか。だとしたら、もうさっさと楽になったほうがいいんじゃあ。

そうやって弱気になる心を、羽宮はどうにか奮い立たせた。

いまは忙しくて、気弱になっているだけだ。十分休んだら、対抗策も見つかる。

「…温泉だね。予約はまかせるから、日にち教えて。そこで休むから」

代休は、さすがに大手だけあって、きちんと取らせてもらえる。というか、むしろ、取らないといろいろ言われるのだ。なるべく早めに休むように言われているので、十月半ばならちょうどいい。

「楽しみだな」

春宮は、にこっと笑う。その子供のような無邪気な笑顔が本当の春宮だと信じたくなるのは、羽宮のあきらめが悪いせいだろうか。

いまでも、かわいい弟としての春宮が残っているんじゃないだろうか。

もしかしたら、兄弟の関係を取り戻せるんじゃないだろうか。

毎日、そうやって考えてしまう。

…だって、春宮を失くしたくない。

5

十月半ばの北陸は、結構混んでいた。平日だというのに、旅館には結構、人がいる。それなりの値段がするだろうに、日本が不景気だというのは本当なのか、と不思議になる。

春宮はここに来るまで、ずっと浮かれていた。春宮が車の運転をしてくれたのだけれど、テンション高く、助手席の羽宮にいろいろ話しかけてきた。それも、いつものように答えに困るような話題じゃなくて、本当にどうでもいいことを。

お、外のあの木、羽宮知ってるか？　そういえばさ、野球ってどこが優勝したんだっけ？

最近、大学でさ〜、などなど。

羽宮も普通に答えたりして、まるで兄弟の時間が戻ったように感じられた。

ああ、自分はこんなふうに春宮と話したいんだ。

羽宮はしみじみと思う。

誕生日前とおなじように、たわいもない会話をして、笑いあっていたいんだ。

でも、そんなことが許されるわけがない。

温泉に来た目的は、たったひとつ。

地下室でやっていたことを、温泉でもしたいだけだ。

仲居さんに案内されて部屋に入ると、露天風呂つきの豪華な部屋だった。大浴場に行かなくても、ここですべてすませられる。広いバルコニーもついていて、籐《とう》製のデッキチェアがふたつ並んでいた。昼間だとそこまで肌寒くないので、日中はそこで過ごせそうだ。

「やっぱ、空気がうまいな～」

バルコニーに出ると、春宮が深呼吸をした。

「さっそく風呂入るか？」

春宮が首をかしげる。

ああ、きたか。

羽宮は目を伏せた。

兄弟の時間はここまでなんだ。

「…いや、まだいいよ」

それでも、一応、抵抗してみる。すぐに流されるなんて思われたくない。

「そっか」

驚いたことに、春宮はあっさり許してくれた。

「なら、ゆっくりすれば？　俺、でっかいほうの温泉行ってくるわ」

あまりの展開に、よく理解ができない。

なんで、こんなふうになってるの？

「じゃな」

春宮は、ひらひら、と手を振った。羽宮はただ、浴衣《ゆかた》を手に部屋を出て行く春宮の背中を呆然と見送る。

何が起こっているのだろう。

…これもまた、何かの作戦？


春宮が戻ってくるまでのんびりしようと思っていても、なんだか落ち着かない。なーんてな、と戻ってきて、無理やり露天風呂に連れ込まれるんじゃないか、と、何度もドアをうかがってしまう。

一時間ほどして、春宮は戻ってきた。それまで神経を張りつめていた羽宮は、ただそれだけでも、涙が出そうなぐらいほっとする。

なんでだろう。

春宮がいないほうが、何もされなくていいのに。

「ただいま〜」

春宮は浴衣に着替えていた。顔も上気していて、本当に温泉につかってきたんだ、ということがわかる。

それを見ると、羽宮も温泉に入りたくなった。せっかく来たんだから、温泉を楽しみたい。

「あのさ…ぼくも温泉行ってきていい…？」

春宮の機嫌を損ねないように、うかがうような調子になってしまうのが悲しい。いつから、自分たちはこんな関係になってしまったんだろう。

「なんで、わざわざ、俺に断るんだよ」

春宮が苦笑した。

「温泉来てんだから、自由に行ってこい」

…え？

あまりにも予想外の答えに、羽宮は一瞬、聞きまちがいかと思った。

「行っていいの？」

「いいに決まってんだろ。大浴場、いろんな風呂があって楽しいぞ」

そんな情報まで教えてくれる。どうしたんだろう、といぶかしむものの、気を変えられても困るから、さっさと行こう。

「じゃあ、行ってくるね」

羽宮がそう言ったら、ちょっと待って、と呼びとめられた。

…なんだ、やっぱり、喜ばせて突き落とすつもりなのか。

はあ、とため息をつきそうになるのを、どうにかこらえる。

いちいち、春宮に振り回されたくない。最初からこうだったんだ、とあきらめたほうがいい。

「夕食、何時にする？」

「…夕食？」

まったく想定しなかった問いかけに、羽宮は首をかしげる。

「そう、夕食。部屋食だから、時間教えてほしいってさ」

「部屋食なんだ」

そうやって口にしながらも、この会話の意味がよくわからないでいる。

つまり、羽宮は自由に温泉に入れて、夕食の時間も決めていい、ってこと？　春宮、どうしちゃったんだろう。

「そう。六時、六時半、七時のどれかだってさ」

どうやら、本当に夕食の時間を聞きたがっている。

落ち着け。

羽宮は、自分自身にそう言い聞かせた。

まだ、春宮の作戦じゃないともかぎらない。よーく考えよう。

いまが四時半だから、羽宮も一時間温泉に入ってくるとすると、五時半になる。六時に夕食を持ってきてもらえば、それまでに三十分しかない。その短時間なら、春宮もさすがに何もできないだろう。その分、夜が長くなるけれど、そこはゆっくり食べることでどうにかできるかもしれない。

「じゃあ、六時で」

うん、それがいい。

「了解。連絡しとくわ。んじゃ、温泉、楽しんでこいな」

春宮は羽宮のことを気にするふうもなく、部屋の電話を取った。あっさりとした対応に、羽宮は拍子抜けする。

そして、気づいた。

あんなことがあるまで、自分たちはいつだって、こんな調子だったのだ、と。

こんな雰囲気、いったい、いつぶりだろう。

普通にしゃべって、普通に相談して、普通にそこに存在していて。

これを、ずっと願っていた。

ただの兄弟として、笑い合えることを。

これまでとおなじ春宮でいてくれることを。

こんなにも待ち望んでいた。

このままがいい。

このままでいたい。

この部屋から動きたくない。

だってきっと、温泉から戻ってきたら、この空気はなくなってしまう。久しぶりに温泉に来たから、春宮もそれを楽しんでいるだけで。一通り、温泉の雰囲気を味わったら、またもや、羽宮に執着しだすのだろう。

弟としての春宮が好きなのに。

それ以外の春宮しか、このところ見ていない。

だから、よけいに、二十歳になる前とおなじように感じる、いまの春宮が恋しくてたまらない。

「なに、突っ立ってんだよ」

春宮が驚いたように羽宮を振り向いた。

「温泉、夕食前は混むって話だぞ。早く行ってこい」

やわらかい言い方だった。ここ一ヶ月ぐらいの命令口調じゃなくて、羽宮がよく知ってる春宮だ。

「…うん」

泣きそうになって、慌ててうつむいた。そのまま、浴衣を取って、部屋を出る。

あの春宮がいい。

羽宮は、ぎゅっと浴衣を抱きしめた。

ああやって、やさしい春宮がいい。

羽宮を脅したり、ひどいことをしたりする春宮じゃなくて。

普通に話しかけてくれる春宮がいい。

どうして、急に変わったんだろう。

それすらも怖く感じてしまう。

また新たな計画なんじゃないかと疑ってしまう。

大好きな弟のはずなのに。

信じられないのが悲しい。


いろんな温泉を堪能《たんのう》していたら、部屋に戻るのが六時近くになった。別にわざと遅れたわけじゃない。でも、春宮がそう考えて怒っているとやだな、と恐る恐る、部屋を開ける。

こんなふうに春宮の機嫌をうかがう自分がいやだ。

「ただいま…」

羽宮が小さく声をかけると、春宮はすでにビールを飲んでいた。

「お、温泉どうだった?」

春宮はにこにこしている。本当に、前までとおなじ春宮だ。

「…なんで?」

温泉に来たぐらいで、こんなふうになってるの？　温泉に来なければ、怖い春宮のままなの？

状況が把握できていない。頭の中が混乱している。

「何が？　あ、ビール先に飲んだことか？　いや、ほら、温泉に入ってビールってのがさ、成人した醍醐味《だいごみ》じゃん？　だから、待てなくて飲んじゃった」

約束したのにごめんな、と笑顔でつけくわえる。

約束ってなんだろう、と考えて、すぐに思い出した。いつか、みんなで温泉に行ったとき、両親と羽宮だけ風呂あがりにビールをおいしそうに飲んで、春宮がふてくされたことがあったのだ。

二十歳になったら、一緒に飲もうね。

羽宮は笑って、そう言った。

それが約束。

そんなささいなことを、春宮は覚えている。羽宮は、すっかり忘れていたのに。

「どうする？　羽宮も飲むか」

「飲もうかな」

春宮が本当にいつもの弟に戻ったとは思えない。いつかは、また羽宮を困らせるようなふるまいをするだろう。

でも、それに怯えながら、いまの弟としての春宮まで怖がるのはもったいない。ずっと羽宮が望んできたことだ。だったら、仲のいい兄弟にいまは戻ろう。

そう腹をくくった。

だって、そうじゃないと、これからのごはんがおいしくなくなる。

食事が終わるまでは、春宮だっておかしなことはしない。部屋食は何度も仲居さんが出入りするし、食事が終わったあとも布団を敷いてくれたりする。二人きりでいられる時間は、そんなに長くない。

いましか、弟としての春宮がいないのなら。

覚えておこう。

こんなにかわいいのだ、と。

こんなに楽しいのだ、と。

こんなにいい子なのだ、と。

「お、じゃあ、二人で乾杯しようぜ」

春宮が冷蔵庫から瓶ビールを出してきた。その上の棚にあるグラスも持ってきてくれて、ビールの蓋《ふた》を開けて、注いでくれる。

「かんぱーい！」

春宮がグラスを掲げた。

そういえば、二人でビールを飲むのは初めてだな。

そう思いながら、羽宮はグラスを、コツン、と当てる。

「乾杯」

二十歳になってよかったね。

心の中でそうつけくわえて、羽宮はビールを飲んだ。

ほてった体に、ビールが染みわたる。

「おいしい〜」

羽宮はしみじみとつぶやいた。春宮も、うんうん、とうなずく。

「うめーよな。この楽しみを、俺をのけものにして味わってたなんてずりー」

「だって、春宮、未成年なんだもん。家でこっそり、なら見逃してもいいけどさ、外だといろいろめんどうだからね」

「まあな。そういうところ、うちの親はしっかりしてるよな」

「ねー、絶対に許してくれなかったもんね」

一歩でも家の外に出たら、絶対に法律は守りなさい。

それが母親の口癖だ。

それが家を守るということよ。たとえ軽犯罪で起訴されなかったとしても、警察に一瞬でもやっかいになれば、それを利用されると思ってね。

羽宮たちは、そんな世界に生きている。

だから、羽宮はたとえ、車がまったく通ってないような道でも、信号があればかならず守る。横断歩道じゃないところから渡ったりもしない。

今日の春宮だって、車の運転をするときに法定速度をきちんと守っていた。

そういったほんのちょっとのことで家を守れるならば、いくらでもする。

「けど、まあ、そこまで厳しかったから、今日のビールは格別うまい！」

春宮は残っていたビールを飲み干して、新しく注いだ。羽宮も、ごくごく、と飲み干して、おかわりする。

コンコン、とそこでノックの音がした。

「お待たせしました」

仲居さんがお盆を持って入ってくる。

「お食事、始めさせていただきますね」

目の前に置かれたのは、きれいな前菜。

「こちら、湯葉のうに和え、焼いたホタテにキャビアを乗せたもの、いくらの紹興酒《しょうこうしゅ》づけ、イカワタホイル焼き、となっております」

「これは日本酒かな？」

春宮が羽宮に聞いた。

「だねえ。辛口の日本酒がよさそう」

「じゃあ、おまかせしますので、辛口の冷酒をお願いします」

春宮が仲居さんにそう頼む。まるで、春宮のほうが兄みたいだ。

「一合でよろしいですか？」

「はい」

「かしこまりました」

少し時間がたって持ってきてくれた日本酒は、片口に入っていた。グラスもいくつか氷の山に並べてあって、好きなものを選ばせてくれる。春宮は青い切り子、羽宮は淡い黄色がグラデーションになっているおちょこにした。

お酒が来るまで食べずにおいた前菜は、仲居さんが選んでくれたすっきり辛口の日本酒によくあった。あっという間に食べ終える。

そのあとも、お椀、お刺身、焼物はお魚とお肉二種、揚物、とどんどん出てくる。どれもおいしくて、あまり量もなさそうなのにゆっくりだからか、それとも見た目よりも実はしっかり量があるのか、食事が出てくるころにはおなかがいっぱいになってきた。

食事は、いま炊いたばかり、という鯛飯とカニのお味噌汁に香物。これまたおいしくて、結構な量を食べてしまった。

食後のメロンと和菓子を食べたときには、完全におなかがいっぱい。二人して、うー、苦しい、とおなかを押さえる。

日本酒もあれから、また別のを三種類頼んで、合計で四合も飲み干した。

お夜食にどうぞ、と小さなおにぎりとたくわんを用意してくれて、食事のあとかたづけと布団を敷いたあと、仲居さんは出ていった。

これで完全に二人きりだ。

「あー、食った、食った」

春宮は伸びをする。羽宮は、びくり、と体を震わせた。

「じゃあ、歯みがいて、寝るか」

春宮は立ち上がって洗面所に向かおうとする。羽宮は驚いて、春宮を見上げた。

「し…ないの…？」

「え、してえの？」

春宮が不思議そうに羽宮を見る。羽宮は慌てて、ぶんぶんぶん、と首を左右に振った。

「じゃあ、なんで、んなこと聞くんだよ」

春宮が笑いながら、ぽんぽん、と羽宮の頭を撫でると、そのまま洗面所に行って、歯みがきをしている。

そっか、しないんだ。

羽宮は初めて、心からほっとできた。なんだかんだ言いつつ、気が張っていたのだろう。そのまま、布団で眠ってしまいたくなる。

それでも、羽宮はどうにか起き上がって、春宮と並んで歯をみがき始めた。こんなふうに何も考えずに春宮の隣に立つのは久しぶりだ。

うん、この春宮がいい。

一緒にお酒を飲んで、楽しく話して、おいしいね、と笑い合って。

普通の兄弟の春宮がいい。

「春宮」

「ん？」

「温泉、連れてきてくれてありがと」

笑顔でお礼を言ったら、また、ぽんぽん、と頭を撫でてくれた。

ああ、春宮だ。

そう思う。

泣きそうになるのをぐっとこらえて、羽宮は歯をみがき終えた。ふかふかの布団にダイブして、そのまま、中に潜り込む。

久しぶりに穏やかな気持ちで眠れそうだ。

…なのに、どうしてだろう。目が冴《さ》えて眠れない。隣では、春宮が寝息を立てている。

間接照明のようなものが部屋の隅についているので、春宮の姿はよく見えた。羽宮に背を向けるように横向きで眠っていて、寝息にあわせて体が上下している。

春宮が眠ってるんだから、ぼくも寝よう。

そう思って目をつぶっても、まったく眠気は訪れない。しかたなく目を開けると、ぐっすり眠っている春宮の姿がまた目に入ってくる。

なんで、春宮だけ眠れるの。

羽宮はだんだんむかむかしてきた。

ぼくが眠れないのに。

温泉に入って、お酒飲んで、いっぱいごはんを食べて、普通なら、ことん、と眠りに落ちるはずが、一向に睡魔が襲ってこないんだよ⁉

あ、わかった！　昼間、緊張してたせいだ！

羽宮は春宮の背中をにらみつける。

春宮の機嫌をうかがって、普通にしゃべってくれるのに、いつか豹変《ひょうへん》するんじゃないか、と疑って、ずっと気を張ってたんだよ、ぼくは！

それもこれも、この一ヶ月ぐらい、春宮がひどいことしてたせいだ！　だから、ぼくがこんなふうになったんだ！

むかつくーっ！

羽宮はそれでも、自分を落ち着かせようとがんばる。だって、せっかくふかふかの布団なのに、寝ないなんてもったいない。こんなふうに怒ってたら、ますます眠気が遠ざかる。

羽宮は、ぎゅう、と無理やり目を閉じてみた。なのに、すやすやと眠っている春宮の姿が思い浮かんで、胸の中が荒れ狂う。

羽宮は目を開けた。実際の春宮も、さっきと変わらない姿勢で眠りつづけている。

なんで、そんなふうに寝れるんだよっ！　こっちは、むかむかしっぱなしだってのに！　そりゃ、春宮はいいよね！　自分が好きなときに好きなようにして、ぼくに言うことを聞かせたければ脅して、温泉に来たときだけやさしくしてみて。

そして、ぼくの反応を楽しがっている。

ぼくは、そんな春宮にいいようにされて、春宮の行動ひとつで悲しんだり喜んだりしている。

その感情の起伏も、いま眠れない原因なのかもしれない。

こんなの、おかしい。

絶対におかしい。

春宮だけ眠れるなんて、そんなの許せるかーっ！

羽宮は、がばっと立ち上がって、部屋の明かりをつけた。かなりまぶしいはずなのに春宮は起きない。

羽宮はそのことにまた腹が立って、手元にあった枕を投げた。

ぼすん。

きれいに頭に当たったものの、春宮は起きる気配すらない。

はあ？　なんで、起きないの⁉

ぼくが眠れないんだから、春宮だって起きるべきでしょ！

そうだよっ！　起こせばいいんだっ！

「起きろっ！」

羽宮は春宮を蹴《け》った。

ガスガスガスッ！

容赦《ようしゃ》なく、背中に蹴りを入れる。

「…なんだよ」

ようやく春宮が起きた。まぶしそうに手をかざして、羽宮のほうを見る。

「ふざけんなっ！」

羽宮はわめいた。

「勝手にぼくのこと抱いて、勝手にやさしくして、そんなことぐらいで、なんでも自分の思いどおりにできると思うなよっ！」

こうなったら、言いたいこと言ってやる！

ぼくは、おまえのおもちゃじゃないんだぞーっ！

春宮はそれを聞いて、はあ、と大きなため息をついた。

「…いや、思いどおりにはできるだろ。つーか、おまえ、もう、俺の思いどおりになってるし」

春宮は、あーあ、とあくびをしながら起き上がる。

「はあ⁉」

なに言ってんの、こいつ。いつ、ぼくが思いどおりになったんだよ。

冗談じゃない。

「だからさ、おまえが自分の意思じゃなくて、全部、俺の意思どおりに動いてることで、もう、俺のもんになってんだよ。わかってねえな、ホント」

春宮は、ぼりぼり、と背中をかいた。そののんきな様子に、ことさら腹が立つ。

「意味わかんないっ！」

「いや、意味わかれよ」

春宮があきれたように肩をすくめた。

「俺はさ、ただ単に、どこで落ちるか実験してただけであって、この温泉で成果が出なくてもかまわなかったんだよ」

「成果って何が！」

言ってる意味がまったくわかんないんだけどっ！

落ちるとか、成果とか、何それっ！

「おまえが俺のものだってこと、自分で自覚するの」

「自覚なんかしてないよっ！　なに言ってんのっ！」

起こさなきゃよかった。

そんな後悔が羽宮を襲う。

これから、何か恐ろしいことが始まりそうな予感がする。

外れてほしい。

真剣に、この予想は外してほしい。

「あのさ、言っとくけど、最初の俺の脅しを受け入れた時点で、おまえ、俺のもんだから」

「はあああああああ⁉」

冗談じゃない。何を言ってるの。

全然わかんない。

わかんないわかんないわかんない！

「たしかに、俺はおまえを抱いた。けど、それは、羽宮からは絶対に歩み寄らない、という確信があったからで、あんなの、無理やりでもなんでもねえよ」

「なに言ってんの！　何を…何を…何をっ…！」

ちがうちがうちがう。

あれは、無理やりだ。

だって、ぼくはいやだった。抵抗した。

絶対に抵抗をした。

「おまえは十年逃げてただけだ。弟としての春宮が好き。弟としての愛情しかいらない。だって、こんなのおかしいもの。兄弟で恋するなんてまちがってるもの。だから、受け入れない。そうすれば、春宮だって納得してくれる。そうやって、自分に言い聞かせてるふりをしてたわけ」

意味がわかんない。

本当にわかんない。

どうしよう、春宮がおかしくなっちゃってる。

「本気で俺から逃げたかったら、俺が二十歳になるまでに結婚するか、家を出るかしてるはずだ」

だって、そんなの無理だもの。結婚したい相手が見つからなかったし、家を出て一人暮らしをするなんて許してもらえるはずがない。

「まあ、そこは、いろんな理由があった、と譲歩してやってもいい。けどさ、普通は、好きでもない男に犯されて、これからも抱く、って宣言されて、なんで、おとなしく言うことを聞くか、ってことなんだよ」

だって、それは、親にばらすって言うから。親からしたら、子供を二人とも失くすみたいなことで、すごく苦しいから。

だったら、ぼくだけ我慢すればいい。春宮が考えてるような理由じゃない。

絶対にない。

ないないないない。

「俺のことが本気でいやなら、どんなことをしてでも逃げるだろ。けど、おまえは毎日、家に帰ってきた。で、おとなしく地下室にやってきて、俺に抱かれた。何度も何度も俺のペニスを受け入れて、甘い声であえいで、俺の名前を呼びながら射精して、俺の精液を受け入れた。そんなの、もし俺がおまえの立場なら、絶対に耐えられない。おまえが言ってたように、友達にかくまってもらうなりして、逃げる。だって、兄弟だぜ？」

いやだいやだいやだいやだ。

追いつめないで。

やめてやめてやめて。

もう何も聞きたくない。

「弟に犯されるって、これ以上ない屈辱じゃん？　一回だけでも許せないのに、そのあともつづける、ってありえねえ。あのとき、俺の脅しを受け入れた時点で、俺のことが好きだって認めたも同然なわけ」

ちがうちがうちがうちがう。

「親が…」

ようやく声が出た。これまで、のどが張りついたみたいで、言葉すら発せなかったのだ。

でも、これ以上、好きなことは言わせない。

「悲しむから…」

「おまえ、親と自分とどっちが大事なわけ？　まさか、自分の体よりも親のほうが大事とか、バカなこと言うつもりじゃねえよな？　俺だったら、好きでもない弟に犯されるために家になんか帰んねえよ。血がつながってる、とか、弟なのに、とか、家族として、とか、そういうこと、おまえはたくさん言ったけど、一度として、春宮のことが好きじゃないから、って理由をあげてねえ」

だって、好きだもの。

弟として、家族として、好きだもの。

好きじゃない、なんてウソはつけない。

でも、それは恋じゃない。

恋なんて、していない。

「んで、一ヶ月ぐらい押しまくってたけど、まあ、ここは引いてみることも大事だろ、と、羽宮が求めてる『弟としての春宮』になってみたら、人がぐっすり寝てるところ起こすぐらい激怒すんだもん。ホント、簡単だな」

どういうこと？

意味がわかんない。

本当にわからない。

理解できない。

「温泉まで来て、こんなに楽しくて、なのに、なんでぼくを抱かないんだ、って、おまえは怒ってるわけだよ、つまりは」

「ふざけんなっ！」

羽宮は我慢できずに、春宮に殴りかかった。

こんなバカな話はない。

そんなことで怒ったわけじゃない。

自分が眠れなかったのに、春宮がすやすや寝てるから腹が立っただけだ。

抱いてほしい、なんて、ちっとも思ってない。

頭の隅にもない。

その羽宮の体を、春宮はやすやすと受け止める。当然、パンチも当たるわけがない。

ぎゅうっ、と強く抱きしめられた。春宮の体温を、全身で感じる。

「…あ」

やばい。どうしよう。

泣きそうだ。

「なんだ?」

春宮が耳元でささやく。ふっ、と息を吹きかけてくる。

「…がう」

それでも認めたくなんかない。

この温《ぬく》もりを求めていた、なんて。

こうやって抱きしめられて安心している、なんて。

そんなの、ありえない。

「どんだけ、あがいてももがいてもいい」

春宮が羽宮の背中をやさしく撫でた。

「俺だって、受け入れるのに時間がかかった。告白してからも十年ぐらい、おまえが時間をくれたおかげで、自分の気持ちに自信が持てた。おまえは向き合ってないし、ずっと逃げてる。だから、しばらくは俺のせいにしていい」

背中から手が上にいって、ぽんぽん、と頭を撫でてくれる。

大丈夫だよ。安心しな。

まるで、そう伝えるかのように。

「俺が脅したから。俺が映像を持ってるから。俺に従わなきゃ親が悲しい思いをするから。そう思ってていい」

「…ちがう、ちがう、ちがう」

好きじゃない。

弟のことを好きになったりしない。

だって、血がつながってる。

大事な家族だ。

ずっとそばにいて、ずっと羽宮のことだけを見て、ずっと好きだって言ってくれて。

…それを、ぼくはどう感じていたの？

当たり前だ、と。

ぼくを好きで当たり前だ、と。

感じてなかった？

ちゃんと断らなかったのは、春宮を傷つけたくないから？

それとも…別の理由があるの？

「いまは考えなくていい。もう、俺にはちゃんと全部わかったから」

春宮の手が前に回って、羽宮のあごをつかむ。そのまま、くいっ、と上にあげられた。

「俺のことが好きなんだろ?」

「…ちがう」

そんなわけがない。

弟だもの。

弟なんだもの。

絶対に好きになっちゃいけない相手なんだもの。

「俺ら、きっと、生まれる前からつながってたんだよ。だから、しょうがない。近すぎて産まれてしまって、こんな許されない形になったけど、それでも、出会えたんだからいい、と俺は思ってる」

…かわいくてしかたなかった。ずっと自分のそばにいてほしかった。ほかの人を見てほしくなかった。すべての時間を自分のために使ってほしかった。

それは、幼いころ特有の独占欲で、好きとか恋とかじゃない。

だから、大人になって手放した。

…本当に?

大人になって、これはおかしい、と気づいたから、無理やり離れたんじゃないの?

ちがう、そうじゃない。

そんなはずがない。

自分が弟に恋するようなおかしな人間だって、認めるわけにはいかない。

「けど、どうしても逃げたいなら、最後のチャンスをやる。羽宮はもう、心の奥底では気づいてるはずなんだ。それでも、弟としての俺が欲しいなら、それをやるよ。けど、いいか。俺は明日にでも家を出て、二度と羽宮とは会わない。俺のものじゃない羽宮のそばにいたくはないし、そのためには物理的に離れるしかないからな。おまえができなかった、逃げる、ってことを、俺は平気でやる」

春宮は、じっと羽宮の目を見つめた。目をそらしたいのに、羽宮は吸い寄せられるように春宮を見つめ返す。

「おまえが言葉にするのは、まだむずかしいことはわかってる。そこまでは、さすがに求めない。だから、行動に移せ。俺はいまから、羽宮にキスをする。縁を切りたければ、逃げろ。俺のものでいたきゃ、目を閉じろ。さっきも言ったが、これが最後だ」

春宮の強い視線が、羽宮を射抜く。

「俺のキスを受け入れたら、何があっても離さない」

春宮が、ぐいっ、とまたあごを上向かせる。そのまま、顔が近づいてきた。

羽宮が欲しいのは、弟としての春宮だ。

でも、それを選んだら、二度と春宮に会えなくなる。

こうやって温泉に来たり、くだらない話で笑い合ったり、ビールで乾杯したり、そんなことができなくなる。

　無理だ。

　そんなの選べない。

　自分の人生から、春宮がいなくなるなんてありえない。

「自分をごまかしていい」

　春宮の唇が、いますぐにでも触れそうになっている。

「自分を犠牲にしてでも、弟としてそばにいてほしかった。そうやって、理由づけていい。ゆっくりと受け入れていけばいいから」

　なんで、全部わかるんだろう。

　なんで春宮には、羽宮が考えていることを見透かされてしまうんだろう。

　…おんなじ道をたどっているから？

　だから、春宮にはわかるの？

　…ちがう。そうじゃない。

　そんなわけがない。

　認めない、認めない、認めない。

「俺も、その道をたどってきたから。大丈夫。二人なら怖くない」

　二人なら怖くない。

その言葉を聞いた瞬間、涙があふれた。
どうしてだかわからないけど、胸が痛い。
すごくすごく痛い。
「いやなら、顔をそむけろ。いやじゃないなら、俺を見てろ」
そむけなきゃ。
なのに、羽宮は動けない。吸いついたように、春宮の顔を見つづけてしまう。
「それが答えだって思うぞ」
羽宮は目をまたたかせた。
答えなんかじゃない。
でも、顔をそらせない。
どうしたらいい？
どうすればいい？
わかんないわかんないわかんない。
「目を閉じたら、キスしてやる。そして、二度と離さない」
だったら、目を開けてなきゃ。ずっと、春宮のことを見てなきゃ。
なのに、自然にまぶたが降りた。
自分の体なのに、まったく意思に従ってくれない。

…それとも、これがぼくの意思？

「いい子だ」

甘くささやくと、春宮の唇が、羽宮の唇をそっと包み込む。やさしく触れたそれは、すぐに離れた。

「逃げなかったことを後悔させたりしないから」

ぎゅうっ、と強く強く抱きしめられた。

「羽宮、愛してる」

その言葉は、なぜか、羽宮の心に、すーっ、と染みとおる。

…うん、ぼくも。

心の中でそっとつぶやいたら、なぜか、胸の痛みが消えた。

それがどうしてか考えたくなくて。

羽宮は春宮にぎゅっとしがみつく。

春宮はあったかかった。

その体温を欲していたことだけは、認めてもいい。

でも、ただそれだけ。

…それ以上なんて、ない。

「やっ…あっ…あぁぁん…！」

羽宮は甘くあえいだ。羽宮の中に、春宮のペニスが入ってきている。

浴衣を脱がせるのももどかしい、という性急さで始まったセックスは、ほぼ愛撫もないまま、すぐに春宮がペニスを挿入してきたのだ。

なのに、羽宮の中はそれを受け入れている。ほぐされていないのにやわらかくほどけて、春宮のペニスを包み込む。

春宮が羽宮にキスをしながら、腰を動かした。ズン、と奥を突かれて、羽宮は体をのけぞらせる。

羽宮は春宮の背中に腕を回した。ぴったりくっついて、春宮の動きに自分もあわせる。

ぐちゅ、ぐちゅ、ぐちゅ。

濡れた音が、部屋に響いた。

春宮は何度も唇をあわせて、その合い間に、好きだ、とささやく。羽宮は何も言わずに、それを受ける。

好きじゃない。

それは、ホントじゃないから言えない。

ぼくも好き。

それは、たとえホントだったとしても言えない。

自分たちの関係は、許されない。

だって、兄弟なのだ。

いつか親にばれたら、春宮が準備していたものを使って、海外に逃亡するしかない。

そんなのはいやだ。ずっと、四人家族でいたい。

でも、どうして、春宮に抱かれるだけで、こんなにも満たされた気持ちになっているのだろう。さっきまでまったくなかった眠気が、セックスの最中なのに寝てしまうかも、という勢いで襲ってきている。

春宮に抱かれないのが不満で眠れなかった。

そんなこと認めたくない。

だからこれは、ようやく温泉やごはんやお酒の睡魔が押し寄せてくれたのだと思うことにする。

「羽宮…」

かすれた声で呼ばれて、羽宮は春宮を見上げた。

「愛してる…」

どうしてだろう。好き、よりも、愛してる、のほうが、泣きそうな気分になる。

春宮はペニスを一気に突き入れると、中で射精した。いつの間にか、羽宮も白い液体をこぼ

している。

荒い息をつきながら、春宮が覆いかぶさってきた。それを受け止めて、春宮の重さと体温に安心している自分がいる。

こんなのおかしい。

それは、ちゃんとわかっている。

だから、羽宮からは何も言わない。

「明日から、たっぷりかわいがってやるから」

春宮が羽宮の耳元でささやく。ふっ、と息を吹きかけられると、くすぐったい。

「今日は、これで勘弁しろ。やるつもりなかったから、マジで眠い」

「ぼくも…眠いよ…」

羽宮の唇から、あくびが漏れた。

「じゃあ、寝ろ。もう起こすなよ」

春宮が羽宮を、ぎゅうっ、と抱きしめる。さっきよりも春宮を近くに感じて、それだけで心が落ち着く。

「おやすみ」

ちゅっ、とキスをされた。

「うん、おやすみ」

羽宮は目を閉じる。

そのまま、すとん、と眠りに落ちた。

春宮の腕の中で。


春宮の言葉どおり、それから三日間、旅館でたくさんセックスをされた。部屋の露天風呂、バルコニーの椅子、バルコニーで周りから見える位置で、当然、布団の中でも。

食事のとき以外はずっと裸でいさせられていたような気がする。

好き。

愛してる。

そう、何度も言われた。

その言葉を聞くたびに、羽宮の中で何かキラキラしたものが弾ける。

降参する日は遠くないのかもしれない。

でも、それはすべてを捨てるということだ。

春宮を選んだら、その道の先には春宮以外のだれもいない。

家族も友達も、何もかもを失う。

それでもいい、なんて、言えない。

まだ、言えない。


「ただいま～」

春宮と二人で家に帰ったら、母親がリビングにいた。

「あら、お帰り。温泉どうだった？」

「楽しかったよ」

春宮はリビングに入る。羽宮はなんとなく後ろめたくて、さっさと自分の部屋に戻りたかったけれど、しょうがなく春宮の後につづいた。

「これ、土産《みやげ》」

春宮が温泉旅館の売店で買ったお土産を渡す。

「ありがとう～。北陸はおいしいものたくさんあるから、いいわよね。さっそく開けてみるわ」

母親が丁寧に包装紙をはがして、中から箱を取り出した。

「わー、きんつば！」

そう、二人で試食して、一番おいしかったのがきんつばだ。母親の好物なので、たくさん入っているのを買ってきた。

「嬉しい〜。一緒に食べましょ」

「え、ぼく、おなかが…」

「食う、食う！」

断ろうとする羽宮をさえぎって、春宮が大きな声をあげる。母親の向かいに春宮が座った。そのまま羽宮を手招く。羽宮はしょうがなく、春宮の隣の席に着いた。

「ちょっと、だれか、お茶淹れてちょうだい」

母親が少し声を張ると、すぐに、かしこまりました、奥様、と返事が返ってきた。羽宮は春宮の背中を、ドン、とたたく。

「なんだよ」

春宮が小さな声で問いかけてきた。

「ぼく、部屋に戻りたいの」

「ダメだ。ここにいろ」

「なんで？」

「慣れろ」

何に、と言われなくてもわかっていた。

春宮に抱かれておきながら、母親と普通に話すことに、だ。

これまではできていた。それは、自分が抱かれることで母親を守っている、という自負があったからだ。

でも、これからはちがう。

いろんな感情を抱えながら、母親と対峙しなければならない。すでにもう、罪悪感でいっぱいだ。

それはどうしてか、なんて考えたら、いますぐ泣きわめきながら部屋に戻ってしまいそうなので、考えないようにする。

これからも毎朝、両親とは顔をあわせなければならない。だとしたら、いま、この状況に慣れておいたほうがいい。

羽宮は覚悟を決めた。

「もう、あっちは寒かった？」

「そうでもなかった。な、羽宮」

「うん、お昼はあったかかったよ」

すっと言葉が出て、羽宮はほっとする。

「あっそ。じゃあ、わたしはもうちょっとしてから行こうかしら。温泉って、外が寒くないとなんだか損した気分になるのよね」

そんなことを話しているうちに、お茶が運ばれてきた。香り高い煎茶《せんちゃ》だ。

それを、ずずっ、とすすって、きんつばに手を伸ばす。羽宮は、きんつばは割って食べる派だ。真ん中を割ると、きれいな小豆の断面図が見えた。

「あら、このきんつば、おいしいじゃない」

母親がにこにことときんつばを食べている。

「だろ？　母さんが好きだと思って、試食までして買ってきたんだよ」

「成人すると、こんなふうに気がきくようになるのね。高校の修学旅行で、呪いの人形みたいなのを買ってきた人とは別人だわ」

春宮は修学旅行でペルーに行っている。そのとき、たしかに、呪いの人形のようなものをお土産に買ってきていた。本人いわく、魔除《よ》け、らしいが、魔除けの見かけが明らかに魔物っぽいので、飾る気になれず、どこかにしまってある。すげー高かったのに、と、春宮はぶーぶー文句を言っていた。

「だから、魔除けだっての」

「あの存在そのものが魔よ、魔。除けてないじゃない」

「わかった。じゃあ、俺、これからどこに行っても、きんつばしか土産に買ってこねえわ」

「そのほうがいいわね」

母親は、うんうん、とうなずいている。

これが、いつもの家族の風景。

自分は、それを手放そうとしているのだろうか。

「羽宮、どうしたの？　おとなしいわね」

「んー、温泉入りすぎて疲れたのかも。あと、明日から仕事だから憂鬱《ゆううつ》なのもある」

「辞めれば？」

母親は、あっさりそう言った。

「そんなにいやなら、仕事しなくてもいいんじゃない？」

「いやいやいやいや」

羽宮は、ぶんぶん、と手を振る。

「そんな無責任なことできないよ。担当している営業先もいくつかあるんだし」

「あなたが辞めたら、だれかが引き継ぐわよ。そういうものよ、会社って」

母親はふたつめのきんつばに手を伸ばした。その母親の視線がそれたちょっとの隙に、春宮が羽宮の左手をつかんで、そのまま下ろす。

「なっ…」

小さくつぶやいたら、母親が羽宮を見た。

「何か言った？」

「…ううん、なんでもない」

羽宮は春宮の手を振り払おうとするのに、春宮は力で押して、そのまま指を絡めてきた。いわゆる恋人つなぎの状態だ。

羽宮は視線で、見つかったらどうするの⁉　と訴えるのに、春宮は知らん顔で前を向く。

「まあ、羽宮が辞めたら、わたしは兄にいやみを言われるだろうけど、別にそんなの気にしなくていいわよ」

また始まった…とか考えてられない。春宮の指が、羽宮の手の甲をくすぐるように動いている。

「そういえば、春宮は就職するの？」

「しねーと思う」

春宮は羽宮の手を握りながら、しれっと答えた。

「へえ、意外。春宮は働くような気がしてたわ」

「働くとしても、就職したりするようなものじゃないな～」

「何かしら？　小説家？」

「俺が本を読まねえの知ってんじゃん」

「読まないからって書けないともかぎらないじゃない」

そんな会話の間にも、春宮は羽宮の手をぎゅっと握ったり、指でさすったりしている。そして、もっとタチの悪いことに、羽宮はその春宮の手の温もりや動きを心地いいと思ってしまっているのだ。

こんなの、絶対にダメ！

「お茶、ごちそうさま。ぼく、部屋に戻るね」

羽宮は春宮の手を振りほどくと、だれの返事も聞かずに急いで二階にあがった。春宮が追いかけてくるかと思ったけど、どうやらその気配もない。

部屋に戻ってしばらくしたら、ノックもせずに春宮がドアを開ける。そのまま断りもせずに、中に入ってきた。

「ああいうの、やめて」

羽宮は春宮をにらむ。

「いやだね」

春宮は肩をすくめた。

「これまでは羽宮が隣にいても手が出せなかった。ずっと我慢してた。だから、親に見つからない範囲で、俺は羽宮にちょっかいをかける」

「なんで⁉　いいでしょ、地下室でこっそりやってれば！」

「地下室で羽宮を抱きたいだけ抱くし、表でも、キスしたりする。見つかったら、羽宮を連れて逃げればいいだけだ」

「待つって言ったじゃん！」

羽宮はわめく。

「ぼくの気持ちが決まるまで待つ、って！　だったら、待ってよ！　十年待ったんだから、もうちょっと待ってくれたっていいでしょ！」

「もうちょっと、か」

春宮は、にやりと笑った。

「まあ、だったら、待ってやってもいいな」

「…まさか、そのために…」

羽宮があとどのぐらいで自分に落ちるのか、たしかめたかったわけ⁉

卑怯者！

絶対に、もうちょっとでなんか決めてやらないからなっ！

「だから、俺はずっと計画してる、って言ってるだろ」

春宮は目を細める。

「羽宮は俺のものなんだから、早く素直になれ」

「ならないっ！」

春宮のものにも、素直にも、ならない！

「まあ、そういうところもかわいいんだけどな」

春宮は羽宮を引き寄せて、キスをした。羽宮は目を閉じて、それをうっとりと味わう。

そのまま、はっと目を開けた。

ちがーう！　ごまかされちゃダメ！

「出てって！」

羽宮は春宮を押して引きはがすと、ドアを指さした。

「夕食が終わったら地下室に来るって約束するなら」

「しなかったら？」

「このままリビングに連れてって、母さんの前でやる」

ホントに最悪だ…。

「行けばいいんでしょ。いいよ、行くよ」

「最初から素直になればいいんだよ」

春宮は満足そうにうなずくと、そのまま部屋を出ようとした。ドアを閉める直前に振り返り、羽宮の名前を呼ぶ。

「何？」

「愛してる」

春宮の言葉は、すっ、と羽宮の体に染み込んだ。

まるで、ずっと前から、その言葉を欲しがっていたみたいに。

すーっ、と。

羽宮の心の中に。

兄と弟。
それなのに、こんな関係は許されない。
神様がいるなら、自分たちは地獄に落ちる。
それでもいい、と、きっといつか、素直に思える日が来るだろう。
それは予感じゃなくて、確信。
あなたとともにいるためならば。
そこが天国でも地獄でもいい。
ほかの何もいらない。
そう思えるときが。
そんな遠くない未来に待っている。

あとがき

はじめまして、または、こんにちは。森本あきです。

今回は、兄弟ものとかどうですか？　と聞かれて、いいですね！　とうきうきしながら書きました。義兄弟とか幼なじみとか、そういった設定が大好きなのですよ。一緒、もしくは、近くに住んでいる、とか、他人が入れないほど仲がいい、とか、おまえのことは俺が一番よく知っている、とか、そういうのが私のどストライクなんでしょう。

初めての血のつながった兄弟で、大丈夫なのかな、と不安になりつつ書いていましたがいつもと変わりませんので（いばって断言すんな）

みなさま、ご安心してください。おもしろかったな、と思っていただければ、それが一番嬉しいです。

さーて、最近、気分転換といえばもっぱら、映画か観劇となってます。で、ここのところ見た中で、すごくよかった映画。

『ハドソン川の奇跡』

単純な私は、ただの傍観者としてなら、どこに着陸しようと全員生きてたからいいじゃーん、と喜ぶだろうし、機長だったら、鳥が突っ込んできた、という絶対に避けられない事故で両方のエンジンが壊れたら、頭真っ白になってあんなに冷静に考えられず、管制塔の言うとおりにラガーディアに戻って事故ってただろうし、飛行機の乗客だったら、命を救ってくれてありがとう！　と、あの機長に抱きついて感謝を伝えるだろうから、なんで、そんなにおおごとにしてるのかが、まったく理解できないのですが。

契約社会、裁判上等社会であるアメリカにおいては、薬もアルコールもやってない状況で（というのが、もうすでにアメリカっぽい…）きちんと判断できていたのか、そして、それが最善の策だったのか、ということが最優先されるのかなあ、と、なんだか切なくなりました。

最後のほうで、『こうやってフライトレコーダーの音声を機長と聞くのは初めてだ』みたいなセリフがあって、ああ、そうか、事故が起きて、亡くなってから聞くことが多いのか、それは査問するほうも苦しいよね、と思ったり。そして、出た判決、それを受けての機長の言葉で大泣きして、ハンドタオルをバッグから取り出そうとちょっとうつむいてたら、最後の最後に副操縦士が言ったセリフがツボに入り、泣きながら爆笑する、という事態になりました。その終わり方が、私はとても大好きでした。

クリント・イーストウッドは、いつもものごとをいろんな側面から見て「それぞれに正義があるんだよ」と教えてくれているような気がします。俳優としてはダーティー・ハリーしか知りませんが（失礼な！　でも、世代じゃないんだもん…）、すばらしい監督だと思うので、まだまだ元気でいてほしいです。そして、トム・ハンクスは本当にいい俳優さんだなあ、としみじみしました。

　おすすめです！


それでは、恒例、感謝のお時間です。

挿絵は、もうとにかく毎年お世話になってます、明神 翼先生！　いつもいつも、本当にすてきな絵をありがとうございます。一年に一度の自分へのごほうびだと思ってますので、これからもどうかよろしくお願いします。

担当さんには、あの…足を向けて眠れないというか…、ご迷惑しかかけてないので…本当にすみませんでした。少しでもおもしろい作品を書くことでお返しができればな、と本気で思ってますので、これからもよろしくお願いします。

　つぎは来年です！

それでは、そのときにまたお会いしましょう～。

こんにちは。明神翼です☆ 「菅ヶ原家のアブナイ兄弟」、とても
ドキドキ＆キュンなお話でとても楽しかったです♥ ありがとうございました──♡

みょうじんつばさ

初出一覧

ダリア文庫をお買い上げいただきましてありがとうございます。
この本を読んでのご意見・ご感想・ファンレターをお待ちしております。

〒170-0013 東京都豊島区東池袋3-22-17　東池袋セントラルプレイス5F
(株)フロンティアワークス　ダリア編集部
感想係、または「森本あき先生」「明神 翼先生」係

この本のアンケートはコチラ！

http://www.fwinc.jp/daria/enq/
※アクセスの際にはパケット通信料が発生致します。

菅ヶ原家のアブナイ兄弟

2016年11月20日　第一刷発行

著　者
森本あき

発行者
辻 政英
発行所
株式会社フロンティアワークス
〒170-0013 東京都豊島区東池袋3-22-17
東池袋セントラルプレイス5F
営業　TEL 03-5957-1030
編集　TEL 03-5957-1044
http://www.fwinc.jp/daria/
印刷所
中央精版印刷株式会社